VICTOR HUGO

Laura El Makki
Guillaume Gallienne

只闻其名……维克多·雨果

[法] 劳拉·埃尔·马基 纪尧姆·加利埃纳——著

姚丽晴——译

上海文化出版社

图书在版编目（CIP）数据

只闻其名：维克多·雨果 /（法）劳拉·埃尔·马
基，（法）纪尧姆·加利埃纳著；姚丽晴译. —上海：
上海文化出版社，2021.4
　ISBN 978 - 7 - 5535 - 2274 - 6

　Ⅰ.①只… 　Ⅱ.①劳… ②纪… ③姚… 　Ⅲ.①雨果（
Hugo，Victor 1802 - 1885）—文学研究 　Ⅳ.①I565.064

中国版本图书馆 CIP 数据核字（2021）第 073297 号

Originally published in France as：UN ÉTÉ AVEC VICTOR HUGO by Laura
El Makki, Guillaume Gallienne
Copyright © Éditions des Équateurs/France Inter, 2016
Simplified Chinese edition arranged via Dakai - L' agence
Chinese（in simplified characters only）translation copyright © 2021 by
Shanghai Culture Publishing House
All rights reserved

图字：09 - 2020 - 1254

出　版　人：姜逸青
策　　　划：小猫启蒙
责任编辑：葛秋菊
责任监制：刘　学
封面设计：许洛熙

书　　　名：只闻其名：维克多·雨果
著　　　者：〔法〕劳拉·埃尔·马基　纪尧姆·加利埃纳
译　　　者：姚丽晴
出　　　版：上海世纪出版集团　上海文化出版社
地　　　址：上海市绍兴路 7 号　200020
发　　　行：上海文艺出版社发行中心
　　　　　　上海市绍兴路 50 号　200020　www. ewen. co
印　　　刷：苏州市越洋印刷有限公司
开　　　本：787×1092　1/32
印　　　张：7. 125
版　　　次：2021 年 6 月第 1 版　2021 年 6 月第 1 次印刷
书　　　号：ISBN 978 - 7 - 5535 - 2274 - 6/I. 879
定　　　价：45. 00 元
如发现本书有印装质量问题请联系印刷厂质量科　电话：0512 - 68180628

序

经典的另一种打开方式

黄 莛

一

庄子描写庖丁为文惠君解牛："手之所触，肩之所倚，足之所履，膝之所踦，砉然向然，奏刀騞然，莫不中音。合于《桑林》之舞，乃中《经首》之会。"手起刀落，游刃有余，"依乎天理，批大郤，导大窾，因其固然"。只要找对地方下刀，巧妙地拆解，一头肥牛顷刻间迎刃而解，如土委地。

这出神入化、酣畅淋漓的手法和刀工委实厉害，而庄子更是从庖丁的经验之谈中悟出了养生的真谛，找到了破解"吾生也有涯，而知也无涯"之困局的不二法门。相信很多读者都有过"肉体真可悲，唉！万卷书也读累"的喟叹，的确生命太短而普鲁斯特太长。有多少读不下去读不进去的经典就像捂不热的石头养不熟的狼，谁不梦想有一把庖丁解牛的刀，行云流水般切开文本的肌理，层层剥开复杂幽微的人性？

从某种意义上说，法国 France Inter 广播电台的"与……共度的夏天"（*Un été avec*）系列读书节目就是一场接一场绝妙的文学版"庖丁解牛"。灵感来自电台掌门人菲利普·瓦尔（Philippe Val），是他最早约请法兰西公学院的知名教授安托万·孔帕尼翁（Antoine Compagnon）为2012 年夏量身打造一档读书节目："人们悠闲地躺在海滩上享受着阳光和海风，或者在丰盛的午餐之前，先呷上几口开胃酒……此时陪伴他们的是电台播放的探讨蒙田的专题节目……"

教授一琢磨，整个夏天听众在度假的遮阳伞下每天听他用几分钟时间尬聊哲学，这个事情貌似挺不靠谱的，因为在浩繁芜杂的《随笔集》中自己只能大刀阔斧"选出四十来个段落，加以简要评述，既展现作品的历史深度又要挖掘其现实意义"。是效仿圣·奥古斯丁翻阅圣经那样随意摘抄？抑或是请别人随便指出一些段落进行讲解？是蜻蜓点水般把《随笔集》中的重大主题一一点到，粗粗勾勒出这部作品丰富多样的内涵和全貌？抑或是只选自己偏爱的章节，不去考虑作品的统一性和完整性？最终，孔帕尼翁的做法是随心所欲跟着感觉走，和庖丁一样，"以神遇而不以目视，官知止而神欲行"，四十个碎片的 puzzle 游戏开启了一场未知却无比自由酣畅的阅读之旅。

首季节目定档在每天中午 12：55—13：00，从周一到周五，连续四十天。节目一炮打响，像夏日啜饮一小杯加冰的茴香酒一样令人回味。那个与蒙田共度的夏天，度假者在沙滩上晒黑的不只是皮肤，还有他们的灵魂。很快，节目的广播录音结集整理成书并与次年春天出版，首印五千册很快告罄，多次加印至十五万册，至今依然排在散文随笔类书籍销售榜单的前列。

二

第二年"与普鲁斯特共度的夏天"绝对是空前绝后的梦之队豪华阵容：安托万·孔帕尼翁谈《追忆》中的"时间"、让-伊夫·塔迪埃谈"人物"、热罗姆·普里厄尔谈

"普鲁斯特及其社交界"、尼古拉·格里马尔蒂谈"爱情"、朱丽娅·克里斯蒂娃谈"想象的事物"、米歇尔·埃尔曼谈"地方"、法拉埃尔·昂托旺谈"普鲁斯特和哲学家"、阿德里安·格茨谈"艺术"。劳拉·马基在次年出版的同名书籍的序中说：这也是读者睁开眼睛，荡漾在普鲁斯特的遐想之中"阅读自己内心"、"深刻认识自己"的夏天。

从此，这档由专家、学者、作家合力精心打造的"大家读经典"的广播节目成了 France Inter 每个夏天的固定节目，随之出版的系列丛书也因深入浅出、纵横捭阖、妙趣横生的风格受到无数读者的追捧，掀起了一股沙滩阅读浪潮。继蒙田和普鲁斯特之后，是与波德莱尔（2014）、维克多·雨果（2015）、马基雅维利（2016）、荷马（2017）、保尔·瓦莱里（2018）、帕斯卡尔（2019）、兰波（2020）共度的夏天……在大家（学者/作家）的带领和指点下，大家（读者/听众）得到了一种快速沉浸式的阅读体验，打破了常规的学院派阅读定势和对作家及其作品的刻板印象，再晦涩再难啃的经典仿佛都在热辣的夏天被一一点中了穴道，手到擒来。

三

这一另辟蹊径的书系很快也得到了中国学界和出版界的瞩目，2016 年华东师范大学六点分社率先引进出版了《与蒙田共度的夏天》。而翻译《追忆》的徐和瑾先生向译林出版社推荐并翻译了《与普鲁斯特共度假日》。今年，上海文化出版社推出的是这个系列接下来的四种，为了凸显书的内容，书名被改成了更加个性化的《污泥与黄金：波德莱尔》《时局之外：马基雅维利》《只闻其名：雨果》《在宙斯的阳光下：荷马》。

其实"共度的夏天"套用在所有经典作家身上有时也有一种违和感，比如在安托万·孔帕尼翁看来，"'与波德莱尔共度的秋天'才是更为应景的题目，这个衰亡的季节，日头渐短，猫咪也在壁炉边缩成了一团"。他也很清楚写波德莱尔要比两年前写蒙田的挑战更大，"人们喜爱《随笔集》的作者，是为他的诚恳、节制和谦逊，以及他的善良和博大"，且《随笔集》是他唯一的巨著，一本完美的枕边书，人们愿意"每晚重读几页，以期更好地去生活，更加智慧、更加人性地活着"。而作为被诅咒的诗人，波德莱尔阴郁、矛盾、离经叛道，他的作品也更加晦涩驳杂，有"用韵文体和散文体写就的诗歌、艺术评论、文学评论、私密信件、讽刺作品或抨击文章"。用萨特的话形容，波德莱尔"生活很失败但作品很成功"。不过，我们尽可以放心，孔帕尼翁最终找到了一种"轻快而跳跃"的方式，既尊重了诗人身上的所有矛盾，又为我们指出了一个通向小径分叉的文本花园的入口，看波德莱尔如何把"污泥"点化成金。

作为一个几乎穿越了整个十九世纪的法国大文豪，维克多·雨果的成就超出了少年时立下的志向"成为夏多布里昂或什么都不是"。他成长为赫赫有名的小说家、诗人、剧作家、政论作者；还是法兰西学术院院士、贵族院议员和国民议会议员。他"从不停止自我怀疑，以便更接近现实"。他希望自己和其他所有人一样，不畏惧也不自大，他关心生活在最底层被压迫的民众，怀抱着浪漫英雄色彩的人道主义，见他们所见、感他们所感，通过写作，带他们走向光明。劳拉·马基指出维克多·雨果最后想揭示的秘密："是爱拯救了最悲惨的人，并使他成为故事真正的主人公。"

除了莫衷一是的"马基雅维利主义"这个生僻的词语，我们对这位文艺复兴时期的意大利政治思想家、历史学家还知道些什么？"只要读一下我的书就会看到，在我学习管理国家事务的十五年中，从未睡过一个好觉，也没尽兴玩过一次。"1513年，这位隐居乡间创作了《君主论》、期期艾艾想得到复辟的美第奇家族赏识的政治家这样感概。为什么在娱乐至上的当代要重读心忧天下的马基雅维利？不是说好了秉烛夜游、花底醉卧吗？法兰西公学院历史学教授帕特里克·布琼（Patrick Boucheron）给出的理由是：居安思危。"历史上每次对马基雅维利的再度关注，都是在风雨即将到来之时，因为他是善于在暴风雨中进行哲学思考的人。如果今天我们重读马基雅维利，那肯定是又有什么值得担忧的事情来了。他回来了，你们醒醒吧！"迫使我们阅读他作品的，不是安逸的现在，而是暗藏危机、风云诡谲的将来。

这同样也是我们今天重读荷马史诗的理由，西尔万·泰松（Sylvain Tesson）说荷马史诗也照进了我们的现实：

"当代的所有事件都在史诗中找到回声，更确切地说，历史上的每一次动乱都印证了荷马史诗中的预言。因此，打开《伊利亚特》和《奥德赛》就等于在看一份报纸。这份写给全世界看的报纸，一劳永逸，表明在宙斯的天空下，一切未曾改变：人还是老样子，是既伟大又令人绝望、光芒四射又内心卑微的动物。读荷马史诗可以让你省下买报纸的钱。"

四

2018 年的夏天，我拿到法国国家图书中心（CNL）的译者资助，在南法古老迷人的小城阿尔勒（Arles）待了一段时间，那应该是我第五次还是第六次在国际文学翻译学院（CITL）的梵高空间（Espace Van Gogh）小住了。黄白相间的拱形游廊围着一个四方的内庭花园，中间是一个圆形的小喷泉，向四周辐射出八条小径，建筑格局和当年梵高画作上的景色并无二致。我很喜欢在这个闹中取静的地方翻译、冥想、放空，仿佛时间暂停了，虽然楼下经常有观光客成群结队逛花园看摄影展，偶尔也有乐队在楼前的空地上演出。

学院只占整栋大楼的一翼，二楼是办公场所和图书馆，三楼是十个供各国译者小住的带阁楼的房间。房间逼仄，只摆得下一张大书桌和几个小柜子，有一个带淋浴的小卫生间，从木头楼梯可以爬上小到只能搁下一张床的阁楼。虽然装了空调和暖气，但老式房子的现代设施都不大灵光，夏天空调不够冷，冬天暖气不够热，网络信号慢且随时会断……但大家都觉得这种修院式的环境更适合翻译和创作。厨房、客厅、洗衣房和一个很小的乒乓球室是公用的，还有种着草花的大露台，可以搬桌椅出来吃饭，也可以晾晒衣物床单。没过几天大家就熟识了，虽然来自不同的国家，但在这个文学翻译的共同体里很快就有了默契，半集体生活其乐融融，译者们时不时切磋翻译上遇到的问题，但大多数时间都各自关在房间里和文字单打独斗。

我当时正在对《两性：女性学论集》的译稿做最后的校对修订工作，偶尔也到楼下的图书馆查查资料。图书馆的入口有一个小展台，摆放着几本当季特别推荐的新书。

封面上地中海蔚蓝色的背景和古铜色的剪影在第一时间吸引了我的目光。于是，那个夏天我和西尔万·泰松笔下的荷马初次相遇。

2018 年底，当上海文化出版社的编辑联系我翻译这本书时，我没有惊讶，我一直相信吸引力法则，也很期待精神层面上的第二次握手。这本书的翻译断断续续花了我一年多时间，其中有一个多月是终于完整重读了以前几次都没读完的陈中梅翻译的《奥德赛》和《伊利亚特》。所以，和泰松一样，我也很感谢有这样的契机，"让我有机会沉浸在《伊利亚特》和《奥德赛》这两部经典之中。一次在瀑布下的荡涤心灵之旅。同样，也感受到在一首诗中让自己焕然一新的欢愉"。以荷马诗歌的节奏呼吸，捕捉它的韵律，遐想着一场场英雄的战斗和乘风破浪的远行。

五

维吉尼亚·伍尔夫在一封信中曾经写过："有时我想，天堂就是持续不断、毫无倦意的阅读。"的确，阅读给予我们的，可以是忘我是销魂，也可以是自觉是警醒，仿佛一次次走进不同的平行世界，每一次走出来的时候，已然是另一个自己。

"自由就是明知命运不可战胜仍向它迈进……虽然我们不知道是在哪一天、哪一刻，却知道生命终会落幕。难道这能阻止我们翩然起舞吗?"西尔万·泰松说:"总之，生活还是要继续，要唱着歌，走向既定的命运。"

或许这就是在当代文学大家的引领下阅读（重读）经典给我们最大的启示:不管你选择与哪一本书、哪一个作家相遇，通过一种信马由缰、达达主义式的阅读，都会让我们走向另一个世界，走向另一个自己。

2021 年 5 月，和园

目 录

引 言

2016 年 1 月 23 日，伦敦骑士桥街区的一面墙上出现了珂赛特的脸。她的头发在风中飞舞，眼泪滚落，身后飘扬着被撕毁了一半的三色旗。墙对面正是法国大使馆，这幅作品基于埃米尔-安托万·巴亚尔（Emile-Anotoine Bayard）的插画，出自街头艺术家班克斯（Banksy）之手，是对加莱一千多名难民遭驱赶事件的谴责。这些人为躲避战争漂洋过海，寻找失去的自由。如今，伦敦是他们的乐土。多么令人不安的巧合：英国也是维克多·雨果的避难之地——他在 1851 年被迫选择政治流亡——那位被抛弃的小女孩面对人类暴力的冒险经历，几乎全在那里写成。书里的孩子与后来这些"悲惨者"之间隔着一百五十余年，不用怀疑，若作家仍在世，他们必在其小说中有一席之地。

雨果喜欢那些勇于生存的人。他欣赏"让历史变得炫丽的冒险者"，这些人热衷于以斗争的欲望抵抗命中注定的障碍。他的政治思想带着他接触最贫困的人群，捍卫众多被压迫者的利益。正是出于这种英雄式的人道主义，雨果锻造了不惧世俗约束的勇敢角色：冉阿让、珂赛特、卡西莫多、吕伊·布拉斯和其他类似的人物。如果这些名字刻在我们的意识中，如果他们的存在对我们来讲真实得惊人，那是因为他们的乐观精神和生命力使人折服。"尝试，闯荡，坚忍不拔，锲而不舍，矢志不移，同命运肉搏，处变不惊而反令灾难惊怪，时而抗拒多行不义的势力，时而羞辱欣喜若狂的胜利，站得稳，顶得住……"①，这就是雨果式人道主义存在的原因，也是雨果存在的原因。

比起真实，更吸引雨果的是崇高。这般野心首先给敢于冒险的人扣上枷锁。雨果信守他的思想，并且"站得稳"，这也使得他的人生如小说般跌宕起伏。这种渴望比命运更强大，它经历荣耀，劈波斩浪，享受激情的欢愉。然而这些成功并没有使他免受命运的打击，或免受内心的悲

---

① 维克多·雨果：《悲惨世界》，李玉民译，北京燕山出版社，1999，第450页。——本书脚注若无特别说明都为译者注

伤。他的作品如一面镜子，反映了他的言行、热情与疯狂。

阅读雨果是一份许诺：去经历法国历史上最激荡人心的世纪之一，与崇高擦肩，体验无限；去遇见偶然被拯救的孤儿和坠入爱河的瘸子；去感知政治勇气。阅读雨果就是走进文学。本书将按时间顺序谦逊地开辟一条高尚之路，邀请每位读者毫不畏惧地在雨果的内心和其作品的海洋中探索。他曾憧憬崇高，如今，他将完美地成为其化身。

1

神　童

　　维克多·雨果很小就已怀有远大的梦想。他可能曾在小学练习纸上写道："我想成为夏多布里昂或什么都不是。"人们相信这件事发生过，尽管没有人找到这句引文的出处。这句话也延伸了作家自己的传奇：在《光影集》（*Les Rayons et les ombres*）中，这位大额头、白胡子的诗人，这位"乌托邦的战士"，"为更美好的岁月操劳"。

　　十五岁时，梦想得到认可和光明的诗人，写下长诗《渴求光荣》（*Le Désir de la Gloire*）：

　　　　光荣之神啊，你有权威，

　　　　给我在未来一席地位，

我正在此地把你歌颂；

光荣啊，我憧憬的是你；

你的盛名给我激励，

让我的诗句赢得光荣。①

此时，他的头脑中已形成狂风暴雨。

年轻人在巴黎的路易-勒-格朗高中读书时，只全神贯注于一件事情：文学。他于是开始写作。在1817年，他参加了由法兰西学术院组织的诗歌竞赛，作品获得名次并见诸报端。但这样的成就远远无法满足已经考虑去剧院发展的年轻人。他的早期作品包括诗歌体的五幕悲剧《伊尔塔梅娜》（*Irtamène*），以及之后的一部喜剧、一部喜歌剧。此外，他仅用半个月就创作了第一部小说《布格-雅加尔》（*Bug-Jargal*），震惊了他的朋友们。成长中的作家不再隐藏他的野心。

他的父亲，帝国的一位将军，希望他就读巴黎综合工科学校。他最终读了法律，一门他很快就抛弃的专业，但

① 程曾厚：《雨果十八讲》，浙江大学出版社，2016，第67页。

他仍对其存有热情。在他的一生中，对正义相关问题的思考滋养着他的思想和作品。在当时，他的兴趣可以用两个词概括：阅读和政治。如果他的母亲迷信伏尔泰，那么维克多本人则对夏多布里昂推崇备至。

夏多布里昂是法兰西学院院士、内阁部长和贵族院议员，雨果在取得同等成就之前，竭尽所能成为与他相似的人，以吸引其目光。雨果和他的哥哥阿贝尔、欧仁模仿他的偶像创办《保守者》的作为，合办了自己的保王派刊物。他作为这份刊物的总编辑，用不同的笔名撰写了大部分文章。

1820 年的一天，一名狂热的共和党人刺杀了波旁王朝后代查理-斐迪南·德·阿图瓦。关于这一事件，雨果提笔写了一首颂歌，《贝里公爵之死》（*La mort du duc de Berry*）。夏多布里昂也读了这首诗。他为雨果的天赋着迷，毫不迟疑地向众人宣告雨果是一个"崇高的孩子"。两个男人见了面，并成了朋友。夏多布里昂曾多次邀请雨果前往他作为大使的住处，并在"《艾那尼》之战"① 爆发时支持

① 雨果的歌剧《艾那尼》上演时，他所代表的浪漫主义派与保守派进行了正面对决。

雨果。但是,《基督教真谛》(*Génie du christianisme*) 的作者很快发现自己已被学生所超越:自 19 世纪 30 年代起,浪漫主义派的领袖,千真万确就是维克多·雨果。

在带点忧郁味道的《秋叶集》(*Feuilles d'automne*) 中,"没有色彩,没有视线,没有声音的孩子"消失了,"这个孩子在他的书中变得模糊不清了"。作家确立了一个名字,一句箴言〔"自我·雨果"(Ego Hugo),之后被刻在客厅中的一把椅子上〕和一个雄心壮志:写"一本总结一个世纪的内容丰富的书"。

事实证明,维克多·雨果的表现超出了"成为夏多布里昂或什么都不是"。他会成为小说家、诗人、剧作家、政论作者。他会成为法兰西学术院院士、贵族院议员和国民议会议员。他将从保王派变成共和派,成为预言家和平民:这位作家从不停止自我怀疑,以便更接近现实。这个崇高的孩子想"和其他所有人一样,不退缩也不骄傲,见他们所见的,感受他们所感受的",通过写作,带他们走向光明。

2

革 命

对一个人最糟糕的赞扬，是说他的政治观点四十年如一日。也就是说，他没有每一天的体验，没有反思，没有关于事实的思考。这其实是颂扬水之停滞，树之枯死；当牡蛎比当老鹰更可取。

这一比喻出自雨果的《文学与哲学杂论集》(*Littérature et philosophie mêlées*)，并非是其随意选取的。在他的眼中，盘旋于空中胜过粘在石面上。他是鹰：强大、孤单，桀骜不驯、生性多疑。一言以蔽之：自由。

和今天的我们一样，雨果的同时代人受到自由的拷问。我们的作家最初是保王党成员，却一点点积攒共和党的思想，最终成为第二帝国的死敌，甚至在人生最后几年里成了巴黎公社的捍卫者。从右翼保守主义到左翼社会主义，维克多·雨果的政治态度发生了根本性改变。有些人指责他摇摆不定，甚至说他是机会主义者。对此，他回以坚定的信念和对诺言的忠诚。

雨果野心勃勃，但他从不将利益放在理想之前。生于1802年，逝于1885年，他见证了多少次政治动乱，就经历过多少场内心革命。他的一生和他的作品都与动荡的法国19世纪的历史不可分离。从最初歌颂保王党的诗集，到最后一部长篇小说《九三年》（*Quatre-vingt-treize*），通过戏剧、演讲和小册子，雨果从未停止关于民众行动的思考，他不断反思人们的生活及继续共同生活的方式。

二十三岁时，雨果仍是君主制和查理十世——波旁王朝最后一位即位的国王——的颂扬者。法国荣誉军团勋章在握时，他发表了《〈克伦威尔〉序言》，为浪漫主义戏剧的复兴做准备，在《死囚末日记》（*Le Dernier jour d'un condamné*）中为囚犯的命运担忧。在1830年革命前夕，社会问题使雨果备受煎熬。他还无法完全相信"共和国"，毕竟这一源于 1789 年的政体很快便转变成了"恐怖"。

维克多·雨果怀着敬意欢迎路易-菲利普（Louis-Philippe）登基，并在知识分子的荣誉阶梯上步步高升。1840 年，他接替巴尔扎克，成为文学家协会领头人；次年，他当选为法兰西学术院院士；接着，他获得了至高无上的头衔，被国王封为法兰西贵族院议员。雨果的作品纷纷问世。作为一位富人、名人，他关于社会不公正的意识越发深刻。这位年轻人——如他的朋友，诗人阿尔弗雷·德·维尼所言"对宗教和保王派有些狂热"——变得很不一样了。雨果坚持自己的主张，准备对抗他在《见闻录》（*Choses vues*）中提到的"律法的罪行"。

1848 年革命爆发时，雨果还不是共和党人，但是他自称"自由党人、社会主义者，忠于人民"。他在一段时间里支持奥尔良公爵夫人摄政，之后决定认可第二共和国，作为保守派候选人，参选并当选为立法议会议员。他有右派的身份，却严重向左派倾斜，大声宣告他对苦难的憎恶、对世俗学校的信赖、对死囚犯的同情，以及对出版自由的热爱。

雨果虽然被保守派阵营否定，但他并没有从中脱离。他甚至在 1848 年 12 月的总统选举中支持路易·拿破仑·波拿巴。然而，后者背叛了他的信任，在 1851 年通过全民投票发起政变，推翻了共和政体，并凭借绝对多数的选票在一年后称帝。

决裂最终还是发生了。雨果被迫离开法国，开始长达十九年的流亡生涯。在残酷的现实面前，他变成了共和党人，且再也没有改变过。在《静观集》（*Les Contemplations*）中，他仅仅写道"我长大了"，坦然接受过往的波折，接受自我的踌躇和改变。他的改变令人惊叹，他的真诚不容质疑，正如他的《哲学散文》（*Proses philosophiques*）所传达的一样：

我活着，我思考，我自担一切风险，因此有时我看上去像个傻瓜。对此，我接受。我为我的愚蠢感到骄傲。

3

阿黛尔·富歇

那天晚上……我们在花园深处的栗树下。整晚，寂静伴我们漫步，她突然放开我的手臂，对我说：

"跑起来吧！"

我仍旧看着她……她在我前面跑起来，腰身纤细，裙子甩起来，露出一双小小的脚。我追，她逃；风掀起了她的黑色短披肩，让我看到一片光洁的褐色的美背。

我的身体不由自主。我在一口废弃的排水井旁勾住了她的腰带，然后行使胜利者的权利，让她坐在草坪长椅上；她没有反抗……

"我们读点什么吧。你有书吗?"她问道。

我身边有斯帕兰扎尼《游记》(*Voyages*)第二卷。我随意翻开一页,靠近她,她把肩靠在我的肩上。我们各自低声朗读同一页。每次翻页前,她不得不等着我。

"你读完了吗?"她问,而我才开始读。

然而,我们的头碰在一起,头发缠在一起,气息混在一起,突然嘴唇相接。当我们想接着读时,天空已经布满星星。

这是一个我会铭记一生的夜晚。[①]

这是在 1819 年的夏天,十七岁的维克多·雨果亲吻了他未来的太太,阿黛尔·富歇。他们在十年前相识,在那个他们共住的院子里,在巴黎靠近圣雅克街的斐扬派修道院里。雨果的母亲索菲·特雷比谢当时租下了这座旧修道

---

① 《写给未婚妻的信》(*Lettres à la Fiancée*),摘自《维克多·雨果的生活》(*La Vie de Victor Hugo*),维克多·雨果口述,克洛代·鲁瓦 (Claude Roy) 整理,朱利亚尔出版社 (Julliard),1952 年,第 43—44 页。——原书注

院的底楼，阿黛尔一家是他们的邻居。

她的头发是褐色的，眼睛漆黑，喜欢文学，梦想嫁给维克多。但这位未来作家的母亲不同意这桩婚事：阿黛尔似乎不够好，配不上她的儿子。女孩的父母早预料到会遭拒绝，决定让阿黛尔远离他们。紧接着，雨果一家搬走了。在父母分开后，维克多被送进科尔迪耶寄宿学校。两个年轻人在不能见面的两年间秘密互通了几十封信件。1821 年是悲喜交加的一年：悲的是维克多失去了他的母亲，喜的是他可以自由迎娶爱人。

婚礼于 1822 年 10 月 12 日，在圣叙尔皮斯教堂举行。而见证这一刻的维克多的哥哥欧仁·雨果，也一直对阿黛尔怀有真挚的爱慕之情。在婚礼前几周，维克多在给未婚妻的信中写道："我确信，我会如你一样，保留我幸福的无知，直到迷人的新婚之夜。"期待已久的夜晚终于来临。雨果，这位热情的童男，像"兴奋的收葡萄的人"（根据拉马丁的妙语），与妻子做爱九次。不管怎么说，这个被热议的数字，都可能成为雨果一生的骄傲。

这对幸福的夫妇在 1823 年迎来长子莱奥波德，但这个孩子在出生几个月后就夭折了。次年，长女莱奥波迪娜出生。再之后，夏尔（1826 年）、弗朗索瓦-维克多（1828 年）和阿黛尔（1830 年）相继出生。在六年里怀孕五次后，雨果夫人开始疏远丈夫，对他关起了房门。另一位男子占据了她的心灵：他叫圣伯夫，是一位作家，也是夫妇俩不久前认识的忠诚的朋友。他是雨果家的常客，对维克多·雨果的欣赏如火焰般热烈。慢慢地，他也对雨果的妻子暗生爱慕之情，直到在给朋友的一封信中笨头笨脑地透露了狂热的依恋。一段奇怪的三角恋一直持续到 1836 年，比起爱情更危及友情。同样有外遇的维克多对他的"好兄弟"圣伯夫保证"什么也没有改变"。两人往来的频率降低，雨果忙于在剧院争得一席之地，并投入了朱丽叶·德鲁埃的臂弯，后者是他在 1833 年认识的充满魅力的女演员。

几年间，作家与朱丽叶的交往变得更加密切，同时完整地保留了对妻子的爱意。"再次声明，我不认为自己比别人更好。"雨果给阿黛尔写信道，"我犯过错，摇摆过。但我爱你，会一直爱你。你要相信这一点，阿黛尔。希望你相信我，这些话都发自真诚的内心。"

　　阿黛尔从不怨恨雨果，甚至以爱的名义放任他犯错。"你可以随心所欲，只要你高兴就好。"1836 年 7 月 5 日，阿黛尔在给雨果的信中写道，"你可能把这当成我对你的冷漠，但在我看来，这是一种奉献和超脱的生活态度。此外，我不会滥用婚姻赋予我的权利。你依然是自由的，就和未婚的男子一样。可怜的朋友，你二十岁就结婚了，我不能将你的人生与我这样的可怜女子拴在一起……"

　　然而这份宽容是有限的。移居根西岛后，阿黛尔开始撰写丈夫的传记（《雨果夫人见证录》，1863 年），她将巧妙地对朱丽叶——雨果多年的情人，她永远的敌人——只字不提。

4

《艾那尼》之战

曾经有一个时代，戏剧能点燃人们的激情，分裂人们的意见，引起政治辩论。许多人会为一出过于大胆的戏剧，或一首不甚完美的十二音节诗，聚在大厅里争执不休。这个时代，就是维克多·雨果所生活的时代，甚至可以说是他塑造的时代，因为他是 19 世纪 20 年代末期法国戏剧复兴的创导人。

雨果对舞台充满热情。年轻的诗人深知，他将以剧作家的身份得到认可。几年以来，他总是在位于田园圣母院街的家中招待朋友，为他们朗读剧作的草稿。被德拉克洛瓦、梅里美、缪塞、圣伯夫、维尼甚至拉马丁环绕，雨果成为浪漫派的领军人物。他也从不曾掩饰他的野心：重新创造戏剧，从理论、诗歌和体系上进行大刀阔斧的改革，展现戏剧真正的"艺术的一面"。雨果写于 1827 年的《〈克伦威尔〉序言》显示了其真实的文学天赋。在这一文本中，雨果打破古典主义规则，竭力提倡结束情节和社会地位的统一，主张怪诞与崇高的结合。"战斗"可以开始了。

戏剧《玛丽蓉·黛罗美》（*Marion De Lorme*，路易十三统治时期一位交际花的故事）被查理十世禁演后，作为回击，雨果献上《艾那尼》——三位男子争夺美人堂娜·莎尔的故事。这三位男子是年轻浪漫的英雄艾那尼，西班牙国王堂·卡洛斯，以及女孩的伯父——上了年纪的富人堂·吕伊·葛梅兹·德·西尔瓦。

首演之夜临近，这幕剧将在法兰西剧院（也就是现在的法兰西喜剧院）上演，那是戏剧评论者们传统的聚集地。雨果已经预见保守派观众的不满，于是动用了他的小团体。他的朋友泰奥菲尔·戈蒂耶和热拉尔·德·奈瓦尔出面招募盟友，这些人将穿着"红马甲"观看表演，因为红色是浪漫的反抗者的颜色。

1830 年 2 月 25 日，下午两点，剧院的门打开了。人们聚集在依然昏暗的大堂里。在幕布升起之前，他们必须等上八个小时。讨论声起，有人带了吃的，两个阵营的人都在暗中观察。作者忠诚的朋友戈蒂耶回忆道："我们从容地看着那些停留在过去、坚持老一套的幽灵，所有艺术、理想、自由和诗歌的敌人，他们企图用虚弱的、颤抖的双手关紧通往未来的大门。"

敲门声响了七下，舞台上，一位老妇去给她的女主人一直等待的那个人开门……

> 难道他就来了？……是敲
>
> 暗梯的门……

第一句台词就引发了咆哮。"暗梯"一词被置于第二行句首，这是违反常规的。维克多·雨果不仅破坏了亚历山大体①，还从政治上发出质疑，要证明语言不仅仅是贵族的，也是平民的。丑闻继续上演……堂·卡洛斯出场，来

---

① 法国古典诗歌的基本形式是亚历山大体，这一诗体的特点是每行都是十二音节。

宣布他对堂娜·莎尔的爱。艾那尼正巧也在这时候出现。于是，国王躲进了壁橱。愤怒的观众开始抗议：雨果胆敢让皇室窝在壁橱里，与巫婆和小丑一般待遇。古典派在吼叫，浪漫派在鼓掌。尽管如此，所有人都坚定地相信他们在见证历史。戈蒂耶叙述道：

> 走出剧院，我们在墙上写道"维克多·雨果万岁!"，以赞扬雨果，也让没有文艺修养的人感到厌烦。上帝都不曾受到雨果所受崇拜。我们惊讶地看到他和我们一同走在街上，和普通人没两样。然而在我们看来，他应该高坐在由四匹白马拉着的马车上，由胜利女神给他戴上金冠。

第二天，前所未有的激烈争议爆发了。然而雨果已经赢了这场战斗：他梦想用戏剧将人们唤醒，这个梦想实现了。浪漫主义戏剧迎来新纪元，并在几年之后随着《吕伊·布拉斯》（*Ruy Blas*）的上演登上巅峰。

5

对人民的爱

　　一些情景，维克多·雨果不可能忘记。那些"所见"将永远扎根于他的记忆中。1851 年 2 月，在里尔，他走访了一些卫生条件极差的住所，那里住满了工人。同一时期，在蒙福孔，他看到一些母亲在"肮脏的、恶臭的残渣"中给孩子找吃的。雨果在巴黎长大，他听过一个年轻女子因为偷了面包而被烙铁烫时发出的尖叫声。如果他在自己的书中对这些人进行了大量描述，那是因为他非常了解他们的情况和苦难。他写这些并非仅仅出于个人兴趣，也是为了改善他们的生活。

　　这种意识是随着时间的推移逐渐形成的。通过不断地接触，年轻的保王派诗人认识了"不幸的人"。1831 年，在《秋叶集》中，他表达了对压迫的憎恨，写道"我给我的竖琴加上一根青铜的琴弦"[①]。三年后，在小说《克洛德·格》（*Claude Gueux*）中，他讲述了一位同样因偷面包入狱的工人的悲剧。克洛德·格是《悲惨世界》主人公冉阿让的第一个雏形。很快，吕伊·布拉斯、卡西莫多以及政治性剧目《他们要吃吗？》（*Mangeront-ils?*）中的艾罗拉诞生。这些人物都来自人民，在作家仁慈的注视中变成了英雄。

社会问题——更确切地说，是社会问题中最严重的饥饿问题——颠覆了维克多·雨果的政治计划。1848 年 6 月，第二共和国建立之后的那些日子，对雨果产生了巨大的影响。人民上街抗议国家工厂（Ateliers nationaux）的关闭。雨果已经投票赞成废除工厂，但看着捍卫自身利益的反抗者们，他开始为他们的命运想办法。几周后，一份新报纸面世：《时事报》（*L'Événement*）。该报由雨果的儿子夏尔和弗朗索瓦-维克多领导，奉行雨果的一句话："对

[①] 《雨果诗歌集》（第一卷），张秋红译，河北教育出版社，1999 年，第 398 页。

无政府状态深恶痛绝；爱人民情深意切。"

1849年5月，雨果当选立法议会议员。他关于苦难的著名演讲将改变他的处境：

> 我这个人不相信世上的痛苦可以被消除，因为痛苦是神圣的法则，但我相信并确定我们可以摧毁苦难。先生们，请记住，我刚才说的不是减少、缩小、限制、控制，我说的是摧毁。好比麻风是人体的一种病，苦难是社会的一种病，苦难也可以像麻风病一样消散。立法者和政府应该不停地思考这个问题，因为只要可能性没有实现，义务就没有得到履行。

试想一下会场一下子喧闹起来的场面。雨果的演讲获得了己方阵营的倒彩和左翼的掌声。毋庸置疑，他最后说的那些话表明了他的志向："我宣布……世上总有不幸之人，但是可以没有悲惨之人。"话音落下，作家确定了他的书名。

雨果用十五年写完《悲惨世界》，其中大部分内容是在他逃亡过程中成文。在盎格鲁诺曼底群岛定居前，他去了布鲁塞尔。在那里，他写了两部标志着他与法国政府决裂的作品，即《拿破仑小人》（*Napoléon le Petitet*）和《惩罚集》（*Les Châtiments*）。在诗集《惩罚集》中，他慷慨激昂地劝说他所爱的法国人民，呼吁他们对抗危及社会安定的帝国权力。诗歌《寻欢作乐》（*Joyeuse vie*）证明了作家坚定的信念，相信秩序将被恢复，正义会被伸张：

哈哈！会有人说话。缪斯，这就是历史。

会有人在黑夜里高声地呐喊不止。

笑吧，小丑兼刽子手！

会有人为你报仇，法兰西，我的母亲，

你在受苦！大家会听到天上有声音，

传下来催命的怒吼！

这帮混蛋比明目张胆的强盗可恶，

他们贪婪的牙齿对人民吸髓敲骨，

毫不留情，无动于衷，

卑鄙得没有心肝，却又阴阳两张脸，

说道："得了吧！诗人！诗人可待在云间！"

好。云间有雷声隆隆。①

诗人始终心怀人民起义的希望，他知道时间是最好的盟友，尽管这时间又长又令人眩晕。

---

① 《雨果诗歌集》（第二卷），程曾厚译，河北教育出版社，1999 年，第110—111 页。

6

巴 黎

　　路易·阿拉贡曾写道:"人们从不曾像维克多·雨果这般谈论巴黎的事。"他"是赋予巴黎浪漫生命的第一人"。为了验证这一点,你需要打开作家最美丽的小说《巴黎圣母院》,也是唯一提供了这座城市的"鸟瞰图"的小说:

　　　无论你觉得今日的巴黎多么值得赞美,我还是建议在你心中去重建你十五世纪的巴黎!透过这惊人的尖塔、塔楼、钟楼所组成的樊篱,你去观看一下太阳,想象一下色彩比蛇皮还变幻的塞纳河,连同黄绿色相间的大水窟,在这巨大的城市中奔流,在岛岬上撕裂,在桥墩上冲撞隆起,你再在这湛蓝色的天际，清楚地勾勒出古老巴黎的哥特式的侧影，你让巴黎的轮廓在无数烟囱旁的雾霭中漂浮，又让它在深沉的黑夜中沉没。看看光明和黑暗在那迷宫般的建筑物中互相消长、交织成趣；在这里面投下一层朦胧的月光，使那些塔楼从迷雾中露出巨大头颅，或者，再次展现巴黎的黑色身影，让那些呈现锐角的尖顶和山墙重新昏暗，在落日昏黄的天幕上，显出比鲨鱼的牙齿还要参差不齐的剪影。[1]

雨果不是在描述这座城市。他在勾勒，上色，将她诗化。街道、屋顶、建筑，这一切都在他的笔下生动起来。维克多·雨果的巴黎充满了这一切，其中一些事物如休眠的火山，即将苏醒。这是他的城市，他在这里住了很久。先是童年时的斐扬胡同（靠近圣热纳维埃夫山），然后是田园圣母院街、伏吉拉尔街、皇家广场（古老的孚日广场）、

---

[1] 维克多·雨果：《巴黎圣母院》，唐祖论译，漓江出版社，1998年，第161页。

拉罗什富科街、克利希街，最后是埃洛街（1881 年更名为维克多·雨果大街）。然而巴黎也是书中人物的城市。街区的每个角落里都有主人公的身影。这里是《悲惨世界》中的伽弗洛什吹着口哨，问一个长了胡子的老妇"夫人，您这是骑马出门啊?"的地方，那边是马吕斯第一次见到珂赛特的卢森堡公园，或艾丝美拉达被绞死的格雷夫广场（现在的市政厅前）。

雨果对巴黎的爱使他越发关心这座城市的遗产，并与摧毁国家古迹的行为作斗争。他撰写了两篇政论文，收录在《文学和哲学杂论集》中，题为"与拆毁者的斗争"。在第一篇文章中，他对政治家们的放任感到愤慨，认为他们是在参与"对法国古迹的摧毁"：

> 沉默不再被允许的时刻已经到来。我们需要发出一致的呐喊，呼吁新的法国对古老的法国伸出援手。各种亵渎、损坏和销毁同时威胁仅存的令人称奇的中世纪建筑物。中世纪镌刻着民族的荣耀，建筑则是皇室记忆和人民传统的载体。

雨果列举了布卢瓦城堡、奥尔良的城墙、万塞讷的塔和圣日耳曼德佩区的教堂，号召大家行动起来。1834年，历史建筑管理委员会诞生了，普罗斯佩·梅里美被任命为主席。然而，人们不得不等到1887年，才投票通过了第一部历史建筑保护法，又等到1913年，具体的措施才被落实。失去耐心的雨果创建了自己的古迹保护体系：他写的书。在书中，所有珍贵的建筑物和其他奇迹都被完好无损。

在写作中，雨果从不曾与巴黎、与其无与伦比的美丽分别，哪怕在逃亡时。

1867年，在为世界博览会做准备期间，小说家保罗·默里斯找到雨果。他希望那个时代的法国大作家们可以合力编写一本书，介绍这座城市的辉煌。这些作家中有大仲马、戈蒂耶、儒勒·米什莱等人，雨果写了一篇引人入胜、带有怀旧情感的文章：《巴黎》。

他逃亡了十六年，长达十六年的疏离和愤怒使作家在这篇短小但大胆的叙述中对现实进行了升华。巴黎是特殊的，因为她是最重要的一次反抗——1789年革命——和人民起义的据点。巴黎是庄严的，因为她和迦太基、耶路撒冷和罗马一样，是文明的奠基者。巴黎是强大的，因为她让人同时感到眩惑和颤抖。

雨果拥有不畏暴行的精湛表达力，以历史学家的精确，在这座迷宫的大街小巷穿行。

巴黎从回忆变为一座三维的精神之城。在那里，流放者可以随心所欲地游走。"永远渴望，是巴黎的事实。"雨果所写，无非是自己所想。

7

无　限

宇宙一直吸引着雨果。他对我们头上和脚下的事物充满好奇。从无边无际的天空到深不见底的大海，他总是如在深渊边上：害怕，却被诱惑着想往下跳。"那里，究竟有什么呢？"他在自己的《哲学散文》中写道。

是我们创造了世界吗？不是。为什么它是这样的？我们答不上来。今晚有光。那些光在做什么？说无法描述的。照亮不可见的。它们闪耀着，如同火把，它们观察着，如同眼睛。它们既可怕又迷人。这未知世界中散落的光。我们称之为天体。这一切是不可思议的幻想，是不可抵挡的现实。疯子不会对此进行深思，天才不会对此进行想象。这一切是一个整体。是整体。我感到我也在这个整体中。我如何从中脱离？如何回应这浩瀚星辰的升起？光都有嘴，它们说着话；我能看到它们所说的那些话。天空中布满光。力量通过组合变得更丰富……这一切都是绝对的。然而，我懂吗？

不，他不懂。没有人懂。他只是体验着宇宙带来的眩晕，黑暗，无限——在 1834 年的一个夏夜，在巴黎天文台，他有过这样的经历。

那天，他去拜访他的朋友弗朗索瓦·阿拉戈，一位天文学家和物理学家。天空中，"月亮皎洁……我们可用肉眼识别她饱满的形状和灰白的虚影"。到达天文台后，阿拉戈向雨果展示了天文望远镜，并邀请他一窥究竟。雨果凑近并观察了一会儿，然而什么也没有看到，除了"一个黑暗中的洞"。阿拉戈的朋友对雨果说："你刚结束了一场旅行。"雨果不明其意。他再次凑近观察，终于在一片虚无中看到了陆地。月亮被望远镜放大，给人以虚幻、深奥和"未知"感。

雨果在《梦中的海角》（*Le Promontoire du songe*）中描述了这种战栗的感觉。这是一部绝美却鲜为人知的作品，在完成很久以后才得到出版。今天，我们有幸重新发现它，这在很大程度上要归功于评论家兼诗人安妮·勒布伦（Annie Lebrun）。在这件与天文望远镜有关的轶事背后，雨果思考了想象的必要性。

"人类需要梦想。"作家说。没有梦想，就没有什么是美好的，存在与艺术都将失去可能性。但丁、塞万提斯、弥尔顿、托马斯·莫尔，所有人，终有一天，都会拥有梦想。"……做梦吧，诗人。"雨果告诉我们，"做梦吧，艺术家；做梦吧，哲学家；思想家即梦想家。梦想即孕育。"但显然，梦想有一个危险特征，一处我们要避开的深渊，那就是疯狂。因此，雨果指出："做梦的人必须比梦更强大。"保持警惕，不要迷失在你选择的梦想中。

对于寻觅罕见情感的作家来说，梦想使他得以走向诗歌，从忧伤和死亡之痛中逃脱。在爱女莱奥波迪娜于十九岁那年不幸离世之后，多亏有梦想，他才振作了起来。也是梦想，使他构建了一个更好的世界，没有暴君、苦难与不公。因为有梦想，他将生活继续。

唉！一切都倾斜，一切都变暗，一切都消失。我有时无比悲伤。一切都在氧化。数字失了信用，士兵失了荣誉。有思考者，无播种者。我们只挖掘，不耕作。我们竭力在另一世纪干涸的犁沟中拾穗，在这些腐旧的思想中，一个是君主制，还有一个是习俗。每个人都在地上寻找着；但是，看天上！……以无限为枕。

在根西岛，缺"枕头"的维克多·雨果建了一座眺望台，一间位于天与地——更确切地说是天与海——之间的屋子。阳光好时，那里热得让人喘不过气来；暴风雨来临时，窗户被吹打的声音震耳欲聋。在两种没有极限的自然力量之间，诗人一提笔就能写数个小时，没有什么可以干扰他，他不想停止，不想"完成"。在谈到莎士比亚的时候，雨果难道没有想问："他完成了吗?"谈到雨果，同样的问题也折磨着我们，而答案都是，"从未"。

8

丑 陋

"美仅有一种；丑却千姿百态。"这是《〈克伦威尔〉序言》中的一句话，它表达了维克多·雨果美学观的基础。丑，因其复杂和高深莫测，令他疑惑，也吸引着他。身体的行动力、关节都顺应生命和时间的流动，他对此着迷。在雨果的作品中，一位女性的"美"不是无限期的。《悲惨世界》中，芳汀登场时对她的描写是"那脸蛋儿光艳照人，倩影娉婷……既如雕塑又美妙天成"。但是这位美人很快凋零，迫于无奈，她卖掉了自己浓密的头发和晶莹的牙齿。相反，她的女儿珂赛特登场时是个"丑"女孩，后来却被爱情变为"美人"。

因此，美在雨果那儿是相对的，他更愿意将丑陋与高尚相结合，这也是其浪漫主义戏剧的基础。从黑暗中释放光，让怪物露出美，这正是他的意图。他描绘一切阴暗的、隐藏的、固化的，一切为人类忽视的、嘲笑的，或者否定的。卡西莫多、格温普兰和特里布莱都是这种奇特英雄主义的化身。

先说卡西莫多，这是个"苦命人"。他于孩提时被抛弃在圣母院的台阶上，自此再没离开过这拥有两座高塔的建筑。有时，卡西莫多会把自己和与他作伴的滴水兽搞混。一天，他的头从小礼拜堂的雕花窗口露出，那样子马上引得正在选举愚人王的众人哄堂大笑。

我们不会向读者详细描绘他的四方鼻子，他的马蹄形嘴，他的左眼一半为茅草般的红色眉毛遮住，而他的右眼完全陷没在一个大瘤的下面，他的牙齿有如城上的雉堞参差不齐，他的嘴唇长着老茧，粗糙不平，还像大象一样龇出一颗獠牙，他的下巴叉开，尤其是他的神态，集狡猾、惊愕、忧伤于一体，要是能够，请你们自己想象眼耳口鼻这个综合体所产生的丑吧！①

他的名字揭露了关于他的一切："接近人类②"，近似人类，却不完全是。他的脸、他的畸形给他的身份下了定义，并把他监禁起来。这一切和格温普兰一样，唯一不同的是《笑面人》（L'Homme qui rit）的主角并非天生丑陋，而是因为遭受了暴力。他是儿童贩子③的受害者，这帮人将儿童买来，毁了他们的容貌后再转卖。格温普兰的嘴角一直咧到耳根，他不得不带着这副笑容生活。能让别人大笑的表情，于他而言却不代表快乐，仅仅是"快乐的同义词"。幸好，他遇到了蒂，将其从亡母的怀中救起。蒂是一个盲女。她是唯一不嘲笑格温普兰的人，是第一个对他说"你长得多么漂亮啊！"的人。蒂就是维克多·雨果，能看出不可见的美，看到怪物皮囊下的人。

---

① 维克多·雨果：《巴黎圣母院》，唐祖论译，漓江出版社，1998年，第56页。
② 卡西莫多的法语名为 Quasimodo，拆分后为 quasi 和 modo。quasi 在法语中意为"接近，近乎"，modo 谐音 monde，monde 在法语中为"人"的意思。
③ 原文为西班牙语 comprachicos。

谈论丑陋也是向丑陋的人性提问。《国王取乐》中的特里布莱有着可憎的人格。他"恨……所有人，因为不是所有人都有驼背……他将国王引向堕落、败坏、愚蠢；他将国王推向专制、无知、罪恶"，这一切都是为了给他的女儿报仇。特里布莱是个不幸的弄臣。悲剧在于他没有权利表明自己的不幸：

啊！上帝！闷闷不乐的坏脾气关在丑恶的身体里，叫我怎能感到舒服？对自己畸形的厌恶使我怎能不羡慕一切强壮美丽的东西？光辉灿烂的环境更使我显得阴沉凄惨。有时，我一个人担惊受怕，要找一个阴暗的角落，静下心来，安慰我痛哭流泪的灵魂。突然，我的主子出现了，我那无忧无虑、有权有势的主子，他享尽女人的恩爱，满足于自己的生活，他太幸福了，甚至忘记了坟墓。他伟大、年轻、身体健康，又是法兰西漂亮的国王。他用脚踢踢在暗处唉声叹气的我，打个哈欠对我说道："小丑，让我笑笑！"啊，可怜的宫廷弄臣，我到底也是个人嘛！①

　　通过像思考荣耀一样思考丑恶，雨果继续为捍卫苦难中的人道主义不懈战斗。他在《静观集》中写道："我既怜爱蜘蛛，我也怜爱荨麻……"明确地宣告了这一偏向。远离所有准则，美应当可以是扭曲的、令人不安的、混乱的。安德烈·布勒东后来写道："痉挛的。"

---

① 《雨果戏剧集》（第一卷），许渊冲译，河北教育出版社，1999 年，第 592—593 页。

9

青年时期作品

"沙漠里传来一声呼喊。"这是雨果在 1822 年发表的第一本诗集——《颂歌集》(*Odes*) 的开篇句。他早年创作的诗歌都收入其中，使诗集充满"世纪之初"的浪漫主义色彩。

在我们眼前升起的"声音"，是诗意和政治性的。雨果在前言中解释道：诗人"应该像光一样走在人民的前面，给他们指路"。这是一个不变的信条，它还出现在 1853 年出版的《惩罚集》中，雨果的多部小说以及多次演讲中。未来的预言家已经出现了，正在发芽，只是还未发出他的呼喊。

在当时，雨果是一位保王党人，他撰写了很多诗歌颂扬国家、军队，慢慢跻身文坛。他习惯了独自阅读，在二十来岁时，这个年轻人用写作滋养日常生活。他已经有了一些得奖作品，比如《凡尔登的处女》（*Les Vierges de Verdun*）和《重建亨利四世雕像颂》（*Le Rétablissement de la statue de Henri IV*），都得到了学术院的认可。他的诗考究、风雅，有时如田园牧歌，总的来说都带着忧郁感：

> 我的颂歌，是时候展翅了！
>
> 飞向不朽的穹顶；
>
> 时机正好……去吧！
>
> 雷声轰鸣，闪电照亮你们，
>
> 人民的暴风雨
>
> 放任劲风飞翔！

雨果的诗既抒情又狂热，他一边受着拉马丁的启发，一边继续崇拜优秀的保王派诗人夏多布里昂，并向后者敬献了一首《旺岱》（*La Vendée*）。雨果和他的导师一样憎恶失势的皇帝"波拿巴"，这位扰乱了世界、"在虚无中入睡"

的"暴君"。多年之后，他对拿破仑一世的仇恨才枯竭，并转向新的目标：未来的拿破仑三世。

随着《颂歌集》《杂诗集》（*Ballades*）的发表，这位高尚的年轻人征服了文坛，开始在巴黎各大沙龙进出，尤其是夏尔·诺迪埃（Charles Nodier）[①] 的沙龙。诺迪埃比维克多·雨果大二十二岁，早年经历了法国大革命，后来成为君主制度的拥护者；他热衷于莎士比亚文学，自己就是一位出色的小说家和散文家。在 19 世纪 20 年代初，诺迪埃参与创办了捍卫浪漫主义原则的文学刊物《法兰西缪斯》（*La Muse française*），另外还有六位创办者，雨果就是其中一位。第一个"文学小圈子"诞生了：一小群浪漫主义新秀逐渐形成一个流派，定期聚集在年轻天才的监护人周围。诺迪埃非常熟悉年轻人的作品。他读了雨果的第一部小说《冰岛凶汉》（*Han d'Islande*），并且爱不释手。诺迪埃和阿图瓦伯爵（后来的查理十世）相熟，便经常邀请雨果去伯爵的住宅，参加军火库图书馆的沙龙——他每

[①] 夏尔·诺迪埃（Charles Nodier, 1780—1844），法国小说家、诗人，浪漫主义运动的代表人物之一。

晚都在那里接待全巴黎的上流社会人士。

作为一位成熟的作家，雨果的社会责任感融入了他的浪漫主义。在 1830 年初，他开始关注社会不公，并匿名发表了《死囚末日记》，（理论上而言）他此时仍是领取年金的保王党的一员。然而在新的诗集——富有想象力的、瑰玮的、充满感官之乐的《东方集》（Les Orientales）中，雨果再一次将自己定位为艺术复兴的"指路人"。雨果发起了浪漫主义运动。他在这本诗集的序言中宣告了自己的主题，他要捍卫的只有一样东西——自由：

　　艺术与边界、手铐、对舆论的钳制无关；艺术对你说：去吧！在广阔的诗歌园地里放浪形骸，那里没有禁果。时空属于诗人。诗人去他想去的地方，做使他愉悦的事情；这就是法则。不论他信上帝还是多神，普鲁托还是撒旦，卡尼狄亚还是莫甘娜，或什么都不信；不论他是否支付冥河通行费，是否过安息日；不论他写散文还是写诗，雕刻大理石还是铸青铜像；不论他是否对这样的世纪或这样的环境满意；不论他来自南方、北方、西方还是东方；不论他的风格是古式的还是新式的；不论他的灵感之神是缪斯还是仙女，是以芋叶为衣的女神，还是包裹着柯特哈蒂裙的女神。好极了……诗人是自由的……让我们借诗人的眼，去看。

10

雨果和女人们

雨果对女人的爱是热烈的。她们无处不在：在他的生命中、书中，大多数都美丽而好斗。有头脑的或可笑的，交际花或公主，专横的或温柔的。雨果欣赏她们，有时把她们理想化，总是毫不犹豫地为她们辩护。

雨果身边有这样一些榜样，不用说，他的母亲索菲·特雷比谢正是其中一位。与丈夫莱奥波德·雨果将军分开后，索菲怀着对书本的爱和对教堂的憎恨养育孩子。另一位是阿黛尔·富歇，雨果年轻时的恋人，也是后来对他保持爱和忠诚的妻子；雨果在对其不忠的同时，也不能失去她。再之后是朱丽叶·德鲁埃和其他许多作家偶然遇到的"创造物"。他容易被她们的魅力和智慧所打动，更容易为

46

她们的处境动感情。

"说来令人痛苦,"他在 1872 年的一封信中写道,"在当下的文明中,存在一个奴隶……一个人,一个圣人。这个人用自己的肉使我们成形,用血液使我们苏醒,用乳汁将我们滋养,用情感将我们填满,用灵魂把我们照亮。这个人受难,这个人流血、落泪、衰弱、颤抖。啊!让我们来奉献,为她服务,为她辩护,援救她,保护她!亲吻母亲的双脚吧!就在不久后,不用怀疑,正义就快回归,正义就快实现。男人不能单独代表人类。"

在雨果所处的时代,他是少数为性别平等做辩护的男性之一。他不明白人们为何认为"女人更适合承担民事、商业、刑事责任……适合待在牢狱中,服苦役,坐黑牢,上断头台",为何不承认她们拥有完整的、全部的自由。他在 1855 年 2 月 24 日发表的《致被流放者》(*Discours aux proscrits*)中,提出了关于"尊敬"的不平等。在诸多"可见之事"中,有一件让人印象深刻:在泰布特街,一名妓女被一男子在无明显理由的情况下袭击、殴打。当晚,雨果介入此事,甚至去警察局作证,帮了那位年轻女子——《悲惨世界》中芳汀这一人物的原型。妓女们的处境也成为雨果主要关注的问题之一。

尽管如此，我们不得不谨慎地指出，虽然雨果的"女权主义"可能是真实的，但他的表现是含混不清的。在他的思想中，在他的笔下，女性的形象总是没有脱离想象，仍然与浪漫主义描绘密不可分。在《历代传说》（*La Légende des siècles*）中，女子是诗人笔下神圣的"理想的黏土"，圣洁、童贞、不可触摸；她也让男子痛苦，因为她不如他所想的多情。另一方面，性别平等问题真正引起作家的注意是在 1848 年，那一年他突然转向左派。那时，最早的女权运动在法国兴起。波利娜·罗兰（Pauline Roland）这样的人物出现了，大众听到了她们的声音……让娜·德鲁安（Jeanne Deroin）和德西蕾·盖伊（Désirée Gay）成为妇女组织的领袖，她们撰写文章并开始参与政治。女权意识慢慢觉醒，必须修改法律，让妇女成为公民。

自 1851 年流亡国外起，雨果更加积极地介入时代问题，并且跨越了国界。次年，他发表了致另一位英勇的流亡者——早逝的路易丝·朱利安（Louise Julien）的悼词；之后他还为三百名古巴人发声——她们曾写信给雨果，抗议西班牙殖民者的镇压。他与《妇女权利》杂志（*Le Droit des femmes*）的主编莱昂·里歇尔（Léon Richer）通信，为在1871年巴黎公社存在期间被称为"纵火犯"的路易丝·米歇尔（Louise Michel）辩护，并献给她一首壮丽的诗歌——《比男人伟大》（*Viro Major*）。

这位"孤傲"的布列塔尼女教师热情地与雨果进行文学交流，她时常给作家写信，寄给他一些私人文本或是寻求一些建议。与其他的巴黎公社成员一样，她被逮捕并流放到新喀里多尼亚①。即便如此，她仍能对一个十分了解流放的男人说："我看着您周围的人纷纷倒下，您显得更加伟岸了。"

维克多·雨果对女性的看法常常带有偏激的特点，却从不带恶意。"十八世纪宣告了人的权利；十九世纪将宣告女性的权利"，这就是作家深切的期望，他知道总有一天，

---

① 位于南回归线附近，是法国在大西洋的海外属地。

"高尚且温柔的性别"将迸发不可抵挡的力量。在他生命的最后几年里，他曾在手稿上写道："你们，女性，终将获胜。"

11

上　帝

　　维克多·雨果没有受过洗礼。他不曾领受圣体，从未上过教理课，也不曾出席弥撒。然而他相信上帝，自幼年起就由衷地相信。

　　年轻的诗人，他追随着夏多布里昂（《基督教真谛》的作者）的步伐，自称是保王-天主教徒。尽管如此，在最初写给阿黛尔的几封情书中，他在表达自己的宗教信仰时是十分谨慎的，并和他的母亲索菲·特雷比谢一样保持着独立精神。他在 1821 年宣称："我承认，我不在乎约定的精神、共同的信仰和传统的信念。"他的上帝与众不同。他并没有把自己限制在天主教中。雨果将自我定义为一名自由的思考者，他对造物主的热情随着岁月的流逝变得更为坚定，尽管令他痛苦的事件接二连三。虽说他显然是《圣经》的忠实读者，但他也读《古兰经》。在 19 世纪 40 年代中期，雨果发现自己是泛神论者，他感受着上帝在他周围，尤其是在大自然中，用大海的力量影响着他。

早在 1827 年出版的《死囚末日记》中，雨果就提出了严肃的疑问。故事的讲述者走在去刑场的路上，他见到了前来为他祷告的神甫。囚犯对"单调的话语"无动于衷，它们并没有缓解他的担忧，他自问："可是，为什么他的话语却没有任何能打动人的东西，也不像是他出于激动而说出来的呢？"雨果用几行文字，把神职人员的话语变得毫无价值，他们引用拉丁文作者说的话，而不是牵起不幸者的手。"上帝可以为我作证，我是相信他的。可是，这老头儿给我说了些什么呢？没有一句话是真挚的，没有一句话能打动人心……没有一句话是他特地为我而说的。"

这种对神职人员的反感，也通过他在《巴黎圣母院》中对副主教克洛德·弗罗洛——那位被贞节折磨的神甫——的描写表现了出来。1851年，在得知巴黎大主教赞成并支持拿破仑三世实行政变之后，这种反感情绪越发强烈。刚刚流亡国外的大作家忍无可忍，他决定象征性地断绝与天主教的关系。他面前出现了新的道路。在对彼世——尽是些鬼神和幽灵——的密切接触和探索中，他感受到灵修的喜悦。

1853年左右，"灵桌"活动①占用了雨果等人在泽西岛的大部分时间。诗人的悲伤已持续多年：女儿莱奥波迪娜和她的丈夫双双在维勒基耶溺水身亡。精神治疗虽然不能让年轻的女儿复生，却能使作家与之交谈。在《静观集》其中一卷——献给莱奥波迪娜的《写给女儿的诗》中，雨果愤怒地指责残酷的上帝夺走了他的孩子。但是怎么办呢？不再有信仰了吗？不！他在《我的生活》的后记中写道："相信是困难的。不相信是不可能的。"

雨果接受了上帝的意愿。在《静观集》的后半部分，他确定不再质疑上帝的存在，并拜倒在地：

----

① 参与者相信能够借助会动的桌子和彼岸世界交流信息。——编者注

我前来找你，主啊！必须信任的父亲，

和平重返我的胸怀，

我把赞颂你光荣、被你砸碎的破心，

完完整整给你带来；

我前来找你，主啊！我承认你很崇高，

啊！英明的上帝啊！你温和，宽大，仁爱，

我承认你做的事只有你自己知道，

而人仅仅是一茎芦苇，在随风摇摆。①

上帝至高无上的权力不容否认。"灵魂和社会处于奇怪的黄昏……我们生活在其中"，对他的需求是无止境的。在逃亡的岁月中，雨果思考着个体的政治命运和社会命运，得以越走越远。雨果很快确定了他的创作使命：释放能触动广大民众的话语。文学是他所信仰的新宗教。他只有一个任务，即构思一部"人道主义圣经"。他在遗嘱中写道：

① 《雨果诗歌集》（第二卷），程曾厚译，河北教育出版社，1999 年，第 466 页。

"我捐献五万法郎给穷人，我渴望在穷人的柩车中被送往墓地，我不要在任何教堂为我祈祷，我请求为普天之下的灵魂祷告。我信仰上帝。"[①]

① 安德烈·莫洛亚：《雨果传：奥林匹欧或雨果的一生》，程曾厚、程干泽译，浙江大学出版社，2014年，第588页。

12

力比多

流亡根西岛期间，维克多·雨果在一个黑色的记事本上，用拉丁文和西班牙文加密，巨细无遗地记录了他的风流韵事。[①] 这些内容由年轻床伴的姓名、日期、某些地点，以及作家每次与她们相处时所做的事情组成。

关于埃莉萨·格拉皮洛的记录仅有一条，即"EG. Esta manana. Todo"，意思是"EG（姓名缩写）。今晨。完。"对另一位叫埃莱娜的女子，他的描述要清楚一些：

---

① 对这些记录的翻译在今天仍是分化的。亨利·吉耶曼（Henri Guillemin）在他的作品《雨果和性欲》（伽俐玛出版社，1954 年）中尝试破译这些文字的细节，他给读者提供了一种可能的理解，而非绝对的真理。维克多·雨果愿意将个人隐私分享，供人破解，为此他将所有记事本遗赠给了法国国家图书馆。——原注

"埃莱娜，裸体。滑铁卢纪念日。战斗胜利。"隐喻层出不穷。记录乳房时，他提到一个多山的国家："1868年1月9日，安娜，瑞士新风光。"描写女性生殖器时，他选择了一些似乎完全不会引起怀疑的词："11月9日，看到……安娜·塔东溪谷。1868年4月19日，再见里埃特-克兰琪森林，我走向地窖。我在那儿发现了安定街的隐士。"

更让人惊讶的是艳遇以外的开销。一些冒险是要支付费用的，且或多或少偏高。向带给他愉悦体验的人支付报酬，这对维克多·雨果来说是关乎名誉的大事。举一个简单的例子，对一位脱光衣服的年轻女子索取一个拥抱，就需要支付四五法郎。给这些女孩一点钱——她们通常是他的仆人，生活贫穷——是他感兴趣的事。反过来，他为她们提供服务也一点不稀奇：给她们买衣服、木炭，或者给其他穷苦女性支付医疗费。

维克多·雨果是一个出色的猎艳者，为了在美丽少女的怀中度过一刻时光，他会采取一切行动。他更喜欢年轻女子，对此，他巧妙地承认自己不是"旧书商"。雨果在性事上的放纵会让你忘记，他曾是那个注视着黎塞留街的青铜雕塑、想看穿女性私密的青少年，一直到二十岁结婚时，始终保持着童贞。

在多年幸福婚姻被圣伯夫插足之后，雨果离开了他的妻子阿黛尔，喜欢上了年轻的女演员。雨果对朱丽叶·德鲁埃的激情持续了一段时间，他的信件就是证明："您知道，我亲爱的爱人，我对您的爱与日俱增。如果您想知道这爱的细节，恳请您来新科克纳尔延伸街 35 号二楼，在这里，您的需求都将得到满足。"朱丽叶随雨果一起流亡，后者自认为他不会在盎格鲁诺曼底群岛上受到新的诱惑，但是他错了。他有时会被年轻漂亮的女子吸引并大献殷勤。

情欲在集中精力写作时转淡，然而无限的男子气概另有表现方式：我们可以想象维克多·雨果在"高城居"（Hauteville House）的顶楼，站在朝向大海的"船长舱"里，一连几小时满腔热情地把文字投掷于纸上。他拥有惊人的生产力。

力比多是创造力的来源，直到作家老了，仍蓄积在他的身体里。雨果的艳遇让朱丽叶伤心，她眼看着所爱之人迷失在"无底洞"中。

19世纪70年代初，他邂逅了布朗什·朗万（Blanche Lanvin）——人生中最后几位情人中的一位。女孩当时二十一岁，诗人年将七十。衰老没有成为阻碍。他的记事本中有这样一句话："只要男人可以，只要女人愿意。"在记事本末尾，雨果给1885年春天发生的每段性关系做了十字形标记：最后一个日期是4月5日。他于同年5月22日去世，享年八十三岁。

13

拿破仑一世

对雨果一家来说，政治是家庭历史的一部分。在维克多·雨果的孩提时代，家中有两大对立阵营：保王派（以母亲索菲为代表）和拿破仑派（由父亲——帝国的将军莱奥波德捍卫）。政治意见上的分歧最终导致夫妻分离，尽管多年之前两人的关系就已经破裂。维克多和母亲生活在一起，接受了极端的传统教育。男孩很快爱上了文学，尤其热爱夏多布里昂的作品，这位作家本人正是波旁王朝的拥护者。

年轻的作家在对法国国王的崇拜中成长，对被诅咒的大人物"波拿巴"充满仇恨。

1822 年，雨果献给拿破仑·波拿巴一首颂歌，用精巧的文字表示：拿破仑一世仅仅是一个"暴君"，一个"沉睡于虚无中的骄傲之人"，一个自负的"独裁者"，总之，他是一个为了收集王位而将世界践踏的人。凯旋的皇帝向人群挥手的形象已经过时，成为久远的记忆。然而在《秋叶集》中，维克多·雨果记录了这一最初印象：

> 有一天，那是个盛大的节日，
>
> 我正七岁，忽然看见拿破仑走向先贤祠。
>
> ……
>
> 我在那神圣的恐惧中，
>
> 当皇帝忽然出现在队伍的前头，
>
> ……
>
> 使我激动的，不瞒你说，甚至
>
> 在他一路上响起的欢呼从我儿时的记忆里
>
> 消失以后依然给我留下经久
>
> 不忘的印象的，竟是透过那辉煌的军号合奏，
>
> 透过那一片喧哗，发现这位至高无上的人物
>
> 经过时宛如青铜铸成的神像，

又沉默又严肃!①

　　直到 1823 年，诗人笔下才再次出现皇帝的光辉形象。在此期间，维克多失去了母亲，他和没见过几面的父亲亲近起来。两个男人言归于好。在《致我的父亲》(À mon père) 一诗中，儿子承认了他对拿破仑军队的欣赏，并向父亲的荣耀致敬：

　　　我有时梦想手握你的剑，

　　　哦，父亲！我走了，投身于带我远行的热情，

　　　追随光荣的士兵前往熙德之乡。

　　在一些诗节中，雨果恢复了波拿巴和莱奥波德的声誉，提到后者时，他会使用"我的父亲，这个英雄……"等诸如此类的表达。他逐渐放弃了保王派的信仰，被共和派思想吸引，同时甚至怀念起伟大的帝国来。在《悲惨世

---

① 《雨果诗歌集》(第一卷)，张秋红译，河北教育出版社，1999 年，第 356—357 页。

界》中，他向"霹雳似的天才"致敬；在《颂歌和杂诗》中，他向生于"双岛"、逝于"双岛"的唯一"岛民"致敬。

雨果对传说中的战役充满激情。滑铁卢战役在他看来"声势足能夺人心魄"，他在《悲惨世界》中用一个章节的笔墨对其进行了描写：

整个骑军高举马刀，旌旗迎风飘扬，军号激荡，由一师纵队殿后，步伐整齐犹如一人，动作准确又像攻城的一个铜羊头撞锤，从佳盟丘冈上冲下来……消失在硝烟之中，继而又走出那幽暗之地，出现在山谷的另一边，队形始终密集紧凑……他们往上冲，军容严整，凶猛而又沉稳……在高地的背面……英国步兵……倾听这股人潮上涨，听见三千骑的声音越来越大：飞奔的铁蹄有节奏的声响、铁甲的摩擦声、战刀的撞击声，以及粗声大气的喘息。有一阵惊心动魄的寂静，接着……三千蓄着灰胡子的脑袋齐声高呼：

"皇帝万岁!"……就好像开始一场大地震。①

　　写这些段落时,小说家正好在滑铁卢。他第一次去那里是 1861 年 5 月 18 日,恰是拿破仑称帝的纪念日②。看到昔日的战场,使他最终在著作中增添了这个篇章。当时,流亡的作家所诅咒的是另一位波拿巴——"小人"——为此,他成了那个时代重要的抨击文章的作者。

---

① 维克多·雨果:《悲惨世界》,李玉民译,北京燕山出版社,1999 年,第 253—254 页。

② 此处原文的意思为"皇帝的祭日",应属于差错,因为公认的拿破仑·波拿巴的死亡日期为 1821 年 5 月 5 日。——编者注

14

拿破仑小人

1851年12月，路易·波拿巴发动的政变终结了共和国之梦。维克多·雨果为躲避军队追捕从法国逃到比利时。他的流亡开始了。

在布鲁塞尔，持不同政见的作家开始了真正的论战。《拿破仑小人》是一篇抨击文章，向"第一个"拿破仑的侄子发出了愤怒的呼声；雨果曾在1848年的总统竞选中对这个"叛徒"充满信心。

当时，他们必须不遗余力地阻止竞争对手——卡芬雅克将军获胜。一切都很顺利：路易·拿破仑·波拿巴被选定，宣誓"忠于民主的共和国"。不久之后，雨果和他共进晚餐，在爱丽舍宫，没有其他人在场。两个男人在一种和谐的安静中互相揣摩。但野心勃勃的总统已经想着在第一个任期结束后参加竞选。为扫清障碍，他要求修改宪法。此时，雨果作为议会成员，对灾难已经有所察觉，并在议会席上提出：

> 什么！在奥古斯都之后有小奥古斯都！什么！
> 我们有了伟人拿破仑，就应该有小人拿破仑！

他已经发现了这样的模式，就差通过一本既尖锐又诙谐的书来将其具体化。该作品的关键词是"大胆"，在书中新皇帝被描绘成"海盗"。有时候，他是"一个庸俗、幼稚、造作和虚荣的人物"。有时候，他的政治行动毫无价值。作者写道：

> 这位独裁者是在挣扎，要公道地指出这一点。他没有一分钟是安分守己的；他不胜惊骇地感到自己周围有的是孤独和黑暗。胆小害怕的人在夜里唱歌，他则动弹不已。他如痴如狂，什么都要摸一摸；他追求各种方案；他没有创造能力，但很能下命令；他想制造假象，掩盖自己的无所作

为；他所干的便是无穷转动，但遗憾的是，这轮子是在空转。[①]

这本政论小册子在比利时的出版引起了很大的反响，也迫使雨果离开这个国家。他必须另寻安身之地。先是英格兰，之后是泽西岛。逃亡与否，他都有着坚定的信念去完成他的使命，并为他的作品悄悄流入法国而感到开心。他的辛辣讽刺也未止于散文。政治形势的紧迫使雨果开始了另一项文学工程。1853 年，他发表了《惩罚集》，这个名字"威严而简单"，自然让人肃然起敬。通过书中九十八篇诗歌，他对"卑鄙的矮子"进行嘲笑，继续他的破坏工作。一页又一页，诗人呼吁人民从阴暗走向光明：

> 醒来吧，受够了耻辱！
>
> 冒着炮火和枪弹。
>
> 人群是时候站起来，

---

① 《雨果政论集》，丁世中译，河北教育出版社，1999 年，第 53—55 页。

受够了耻辱，公民们！

维克多·雨果从未迷失。其作品的根本思想是，事情可改变，进步会发生，历史从未凝固。我们应不惧挑战，接受失败，继续前行。这正是《惩罚集》中充满激情的《最后的话》（*Ultima Verba*）一诗所表达的意思。维克多·雨果以先知的姿态面向未来，孤军奋战：

> 我接受流亡生涯，即使它没有尽头；
> 我根本不想知道，我也不想去思量，
> 是否有人本指望留下，却已经远走，
> 是否某人本以为坚定，却已经投降。
>
> 如果还有一千人，那好，就有我一份！
> 即使还有一百人，我要和暴君拼命！
> 如果剩下十个人，我就是第十个人！
> 如果仅有一个人，我就是最后一名！①

---

① 《雨果诗歌集》（第二卷），程曾厚译，河北教育出版社，1999年，第250页。

15

朱丽叶·德鲁埃

朱丽叶·德鲁埃拥有"完美的"鼻子、"钻石般的"眼睛、"光洁的"额头和"浓密乌黑的"头发。这些肖像画般的描述出自雨果忠实的朋友泰奥菲尔·戈蒂耶。在《朱丽叶小姐》中，戈蒂耶描绘了这位著名女郎的倩影，她陪伴了作家近五十年。

德鲁埃是艺名，她出生时的名字是戈万。她曾倾心于雕塑家普拉迪埃①，两人有一个女儿，名叫克莱尔。她在巴黎生活，是剧院的签约演员，然而她的美貌比她的演技更令人着迷。1832年，初见德鲁埃的情节令维克多·雨果

---

① 詹姆斯·普拉迪埃（James Pradier, 1790—1852），出生于日内瓦的法国雕塑家。——编者注

目眩神迷。后者在《心声集》（*Les Voix intérieures*）中写道：

> 她周身都是闪光的火焰，欢笑的激情。
>
> ······
>
> 她不停地来回旋舞，仿佛起火的飞鸟，
>
> 无意中让火焰在无数颗心里燃烧，
>
> ······
>
> 你呀，你久久凝视着她，却不敢接近，
>
> 因为满桶的火药怕的是一颗火星。①

次年，随着《吕克莱丝·波基亚》（*Lucrèce Borgia*）第一次被搬上圣马丁门剧院的舞台，在众演员的见证下，两人坠入爱河。雨果成为法兰西戏剧舞台上的新贵。那一天，在《艾那尼》的光环下，雨果留意到朱丽叶的目光不曾离开他。她脱掉内格罗尼公主的衣服，投入了剧作家的

---

① 《雨果诗歌集》（第一卷），张秋红译，河北教育出版社，1999 年，第 560—561 页。

怀抱。"1802 年 2 月 26 日我第一次出生，"雨果在 1874 年写给她的信中说，"1833 年 2 月 17 日，我在你的怀中幸福地第二次出生。第一个日子仅关乎生命，第二个日子关乎爱。爱，不仅仅是活着。"

雨果为德鲁埃提供生活所需，偿还债务，并力排众议，坚持让她扮演自己剧本里的角色，尽管剧院经理们都认为她是一个差劲的演员。她是情人和缪斯女神，启发诗人写出了《暮歌集》（*Chants du crépuscule*）中最唯美的诗，也与他一起旅行。他们一起游历欧洲，足迹遍布莱茵河畔、德国和西班牙。雨果与家人团聚时，朱丽叶总在离他不远的地方，方便起见，就住在雨果家附近。雨果是个占有欲极强的情人，据传，有一天他为了把朱丽叶关在家里，给房门上了两道锁。朱丽叶沉浸在幸福中，很快开始对雨果朝思暮想，一刻不停地向他表明无条件的、痛苦的、近乎神圣的依恋：

我把你杯中残汁饮尽，咀嚼你吃过的鸡翅，

用你的餐刀、你的汤匙。我吻过你美丽的头颅停

靠过的每一处，把你的手杖放在我的房间。我让
你触碰过的一切将我包围、淹没。

雨果是永不满足的。对女人的爱促使他另觅新欢，对
莱奥妮·比亚尔（Léonie Biard）的爱慕无疑是来得最猛烈
的。他疯狂地爱上了这位年轻佳人，而她虽是一位画家的
未婚妻，却也被法兰西学术院的新院士深深吸引。朱丽叶
对他们的亲密关系一无所知，甚至不知道两人是通奸罪的
现行犯。1845年，雨果作为新封的法兰西世卿被免予起
诉，但是莱奥妮被判在修道院监禁六个月。一重获自由，
他们又旧情复燃。阿黛尔不仅勉强接纳了莱奥妮，还鼓励
雨果远离朱丽叶，因为她对后者无一丝好感。然而，朱丽
叶没有退却，她说："我有太多的爱，以至于没有一丝自
尊。我只要见到幸福就会把它收集起来……我的骄傲和自
豪都在于爱你……"

1846年，朱丽叶的女儿克莱尔突然失踪，这使她和雨
果再度亲密起来。雨果在三年前失去了莱奥波迪娜，他们
感受着同一种悲伤。嫉妒之心被遗忘了。从此以后，这对

情人一直同甘共苦，甚至一起面对政变。朱丽叶不仅随作家一起逃亡，还为其潜逃出谋划策。她全心全意付出：等待他，帮助他，爱他，最后忍受他的见异思迁。她曾这样总结雨果与诱惑之间的关系："你的痛苦来自女人，这个鲜活的伤口是越来越大的，因为你没有勇气将之彻底缝合。而我，我的痛苦是因为太爱你。我们各有各的不治之症。"

朱丽叶·德鲁埃于1883年去世，她比阿黛尔活得久一些。其间有短短几年，她们一起与所爱男子生活在同一屋檐下。

16

《悲惨世界》

在细小的搏斗中，会有许多伟大的行动。在黑暗中对付生计和丑恶的致命侵犯，要步步防卫，表现出坚忍不拔而又鲜为人知的勇敢。高尚而隐秘的胜利，不为人所见，不能扬名，也没有鼓乐欢迎。生活、不幸、孤独、遗弃、穷困，无一不是战场，无一不产生英雄；无名英雄，有时比著名的英雄更伟大。[①]

这可能是维克多·雨果对《悲惨世界》的最好定义，

[①] 维克多·雨果：《悲惨世界》，李玉民译，北京燕山出版社，1999年，第518页。

在穷人的绝望上投下一束光，将不幸的灵魂上升为伟大的灵魂。

这位充满魅力的主人公名叫冉阿让。这个"正当壮年"的男人刚刚重获自由，在这之前，他在地狱般的监狱里蹲了二十年，所犯罪行是偷窃一块面包。在路上，他遇到了卞福汝主教，这是第一个用关怀的眼神看着他，并且给了他机会的人。时来运转，冉阿让化名马德兰，不仅发了财，还当上了海滨蒙特伊小城的市长。在人生的上升期，他遇到了美丽的芳汀，最强恶意的受害者，收养了她的女儿珂赛特；他与阴险的警探沙威和怀揣革命梦的青年马吕斯不期而遇，前者为追捕他不遗余力。这部一千多页的小说所讲述的是一种救赎。冉阿让凭借意志和基督教信仰，努力与"命运的黑线"抗争，让生活变得更美好。

1862 年，该书一上市就成为热销作品。耐心的读者为了买到"维克多·雨果的新作"，可以在书店门口排队等候数个小时，有些人甚至是以凑份子的方式购买。人们向彼此讲述这个曲折的故事，为人物的命运担忧。小说销量史无前例，既而在十多个国家翻译出版，作者因此遭到指责：

踩在真正的穷人的背上发财。嫉妒之心昭然若揭：巴尔贝·德·奥尔维利①对小说中"无知的福音道德"感到愤慨；福楼拜贬低道，该书是"为信奉天主教—社会主义的恶棍所写"；波德莱尔向他的母亲承认，他憎恨这本书，当着自己老朋友的面则说了相反的话；大仲马的点评保持了一贯的生动风格："每一卷都头大如虎、尾细如蛇。"

然而，没有什么可以撼动磐石。维克多·雨果笑对中伤者，因为他们的评价没有改变关键事实。他实现了梦想：为民众写作，创造一群人，推动他们前进并达成目标，尝试给他们冲劲和机会。雨果不是乌托邦主义者，也不是魔法师，但是他坚信我们可以和社会的不公作斗争。"悲惨"在他看来不该受到谴责。事实证明：最粗暴的男人也会因为最温柔的小女孩而变得仁慈。

冉阿让怎么会同珂赛特一起生活了这么久？

让这个孩子同这个人接触，这是上天开的一场什

---

① 巴尔贝·德·奥尔维利（Barbey d'Aurevilly, 1808—1889），法国作家、评论家，代表作有《图什骑士》《着魔的女人》《年老的情妇》《恶魔》。

么可悲的玩笑？……一种罪恶和一种纯洁无瑕，难道就可以同室为友，在苦难的神秘牢狱中相伴？在所谓人类命运的刑徒长列中，一个天真的人和一个可怕的人，一个披着曙色的神圣白光，另一个则被永恒的闪电照成青灰白，难道这样两个额头可以挨得如此近？谁能决定这样莫名其妙的搭配？这个圣洁的女孩和这个老罪犯，二人的共同生活是以什么方式确定的？又是什么奇迹所引起的后果？①

《悲惨世界》是一部令人着迷的小说。时至今日，它仍然是维克多·雨果的小说中被最多人阅读的一部，同时也是影视改编版本最多的文学名著之一。我们必须用更多篇幅来领略这部巨著的宏大背景和优美语言，以及维克多·雨果最后想揭晓的秘密：是爱拯救了最悲惨的人，并使他成为故事真正的主人公。

---

① 维克多·雨果：《悲惨世界》，李玉民译，北京燕山出版社，1999 年，第 945 页。

17

"词是一个生命"

"无论你是谁，只要你在阅读时有所思考，我的作品就是献给你的。"这并不只是一句漂亮话。任何读者面对维克多·雨果所写的内容，以及他的写作方式，都会有所思考。雨果是一种精神、一种声音，但也是一个词、一个签名。他想在反叛中寻找不屈服的力量，寻找为人类的未来写作的愿望，也寻找将文学从规则中解放出来的愿望。

在诗歌、小说、散文和政论文章中，他把词汇变成了武器。1859 年 2 月，他在写给女儿阿黛尔的一封信中表明，自己追求的是"用智慧抗击蛮力，用墨水对抗大炮"。话语不是一种声音，而是一种行动。作者不是在写书，而是在"呐喊"。阅读变成一种呼吁：无处不在的命令式、疑问句、中断。用词去触碰、震撼、唤醒。

难得一见的浮夸使雨果的诗生机勃勃，不管是谈论死刑时，还是因法兰西海岸线的巩固和保卫而激动时。哪怕心中充满悲伤，他的笔尖仍流泻出热情和力量。1852 年，他于拿破仑政变之后离开法国，在《惩罚集》中写道：

> 我也决不会屈服，我的心里有丧事，
>
> 但我嘴里无怨言，对畜群心平气傲，
>
> 祖国啊，我的祭台！自由啊！我的旗帜！
>
> 在无情的流亡中，我要把你们拥抱！①

这首《最后的话》比悲伤更具力量。它使我们前进。雨果在《静观集》中，将词比作"一个生命"：

> 词汇很贪婪，词的牙齿比什么都硬，
>
> 词汇吹口气，加上有灵魂和光接应，

① 《雨果诗歌集》（第二卷），程曾厚译，河北教育山版社，1999 年，第 248—249 页。

任你是庞然大物，也慢慢层层剥离。

词给绝不动摇的人以深沉的能力；

……

对，词汇威力无比。只有疯子敢取笑！

错误使人生疙瘩，疙瘩被词汇冰消。

词是黑夜的闪电，催熟果子的小虫。

词从喇叭里出来，词在墙头上抖动。①

　　词，维克多·雨果使其为"沉默寡言的绝望者"服务。谈论悲惨者，将文章或小说献给他们，都是不够的，还必须给他们发言权，倾听他们的旋律。"我要传达他们口齿不清的声音……"《笑面人》中的叙述者承诺道，"百姓的声音跟风声一样模糊不清；他们大嚷大叫，可是得不到了解，因此嚷叫等于沉默。沉默等于被解除武装……我要去救他们。我要替他们控告。我要做百姓的喉舌。"他要传达他们的语言："咬牙切齿"和"窃窃私语"，他们的黑话，当然，

---

① 《雨果诗歌集》（第二卷），程曾厚译，河北教育出版社，1999 年，第 302—304 页。

还有街头流浪儿措辞不当的、令人发笑的话。他也对水手的古老语言感兴趣，流亡期间，他常在根西岛的街头听到这类话，并以此为灵感写出了《海上劳工》。雨果喜欢物色和收集古旧物，他也是一位旧语言收藏家、文字冒险家、伟大的诗句技术员。

在这方面，他从不掩饰"拆散伟大却愚蠢的亚历山大体"的骄傲。他的文风罕见地引发了"战争"。因为拒绝把一个词放在句首，剧作家受到了侮辱和咒骂。说他错误地对待诗歌？可他有坚定的服务于诗歌的信念。此外，他的诗容易被记住，比如《秋叶集》的开头（"本世纪两岁了！罗马代替了斯巴达。/拿破仑已经初露头角，称呼依然用波拿巴"①），以及著名的《艾那尼》中的"暗梯"一词。他用的词，他推敲过的文字，都清晰地刻在我们的记忆中。多么生动呀！

①《雨果诗歌集》（第一卷），张秋红译，河北教育出版社，1999 年，第 267 页。

18

莱奥波迪娜

家庭在维克多·雨果心中占据重要地位，是他活着的理由。没有与妻子阿黛尔以及四个孩子组成的家庭，就没有满载荣誉的作家。

他们的第一个儿子，莱奥波德，在出生几个月后不幸夭折。年轻夫妇悲不自胜。1824年8月，他们如迎接奇迹般迎来长女的诞生。莱奥波迪娜带来了安慰，雨果夫妇对她满怀柔情。

迪迪娜是一个活泼、爱笑、俏皮的小女孩。父亲的爱近乎狂热：为她写诗和信，再悄悄塞进她的房间。雨果希望没有什么可以伤害她——不论是生活、人，还是世上的暴力——于是传授她最坚固的盾牌：他的文学品味。青少年时期，她已经成为正式的抄写员，负责抄写雨果的手稿，这是后来朱丽叶·德鲁埃长期扮演的角色。在皇家广场的晚会上，她接触了巴尔扎克、维尼、戈蒂耶、弗朗茨·李斯特。这个年少有为的女孩对父亲的钦佩坚定不移。十五岁时，她写道："亲爱的爸爸，你给我的姓就像一顶王冠。"

莱奥波迪娜没有艺术梦，但她有强烈的对自由的渴望。1839 年，与夏尔·瓦克里（Charles Vacquerie）的邂逅，突然让她看到了实现愿望的可能。瓦克里年轻、勤奋，许诺永远爱她。在秘密恋爱了三年之后，这对年轻情侣打算结为夫妻。维克多·雨果的嫉妒多过怀疑，他认为来自外省的小资产阶级偷走了自己的女儿，一定要推迟婚礼。然而婚礼如期而至，雨果接受了"令人忧伤的嫁女的幸福"。莱奥波迪娜搬去了诺曼底的维勒基耶。"我们惦记你在那边的生活，我，几乎不能写作。"雨果在 1843 年 3 月 16 日写信对她说。

1843 年 7 月的一天，备受分别之苦的维克多·雨果坐船抵达勒阿弗尔（Le Havre）。莱奥波迪娜在码头接他。相聚令人狂喜，这是难忘的一天。然而雨果不能多作停留，第二天就要再次动身，与朱丽叶·德鲁埃一起前往西班牙。这是他们计划了几周的旅行。父亲和女儿再次分别。这是他们最后一次见面。

9月4日，夏尔必须陪他叔叔去见公证人。莱奥波迪娜犹豫不决，因为她的母亲和弟妹们也在勒阿弗尔，她既想见他们，又想陪伴丈夫。最终，她选择与夏尔同行。水流湍急，天气险恶。小船翻了，没有人会游泳。莱奥波迪娜被裙子缠住，即使用力抓住小船，仍最先沉入水里。夏尔尝试救她，但并没有成功。传说他宁可溺水而亡，也不愿在失去她后独活。

当天晚上，阿黛尔得到噩耗，却联系不上丈夫，他和朱丽叶仍在旅行。回程中，雨果和情人在罗什福尔（Rochefort）的一家咖啡店歇脚。桌上散放着的几份报纸，他随意拿起一份打开。多么令人震惊——一篇宣布他女儿死讯的报道。他说："这太可怕了。"

之后的一年里，雨果虽未停笔，但没有发表任何作品。直到1856年《静观集》出版，莱奥波迪娜的亡灵才重现。雨果将题为"写给女儿的诗"的篇章献给她，一页一页地讲述他的悲伤，质问上帝。

悲伤得不到安慰的雨果，靠对女儿的回忆生活，常常在思想中走近她：

明天天一亮，正当田野上天色微明，

我立即动身。你看，我知道你在等我。

我穿越辽阔森林，我翻爬崇山峻岭。

我再不能长久地远远离开你的生活。

我将一边走，眼睛盯着自己的思想，

我对外听而不闻，我对外视而不见，

我弯着腰，抄着双手，独自走在异乡，

我忧心忡忡，白昼对我将变成夜间。

我将不看黄昏时金色夕阳的下沉，

也不看远处点点飘下的白帆如画，

只要我一到小村，马上就给你上坟，

放一束冬青翠绿，一束欧石南红花。①

　　莱奥波迪娜与丈夫和母亲阿黛尔一起，长眠于维勒基耶，墓地俯瞰塞纳河。

---

① 《雨果诗歌集》（第二卷），程曾厚译，河北教育出版社，1999 年，第 463 页。

19

流　亡

1851年，维克多·雨果离开法国，这是一个痛苦但必要的决定。路易·拿破仑·波拿巴选择用政变对抗民主。持不同政见的作家，未来皇帝曾经的同盟，比起屈从宁愿逃亡：

> 如果波拿巴认为是他的法令赶走了我，那他错了；赶走我的是他的无耻。是我无法容忍的羞耻将我放逐。不是波拿巴，而是我的灵魂，对我说："离开！"

雨果在沉默的混乱中离开祖国。他尝试过发动人群，呼吁反抗。但为数不多的路障不足以抵抗军队的暴力。于是，他拾掇好行李，带着假护照，伪装成工人，搭上了1851年12月11日开往布鲁塞尔的夜间火车。很快，朱丽叶·德鲁埃带着一箱手稿与他会合。阿黛尔·雨果留守巴黎。雨果只身离开，直到十九年后才回到法国。

在波拿巴组织全民投票认可其政变时，作家开始写《一桩罪行的始末》（*L'Histoire d'un crime*）、《拿破仑小人》和《惩罚集》。在不到一年的时间里，他又从比利时流亡到伦敦、泽西岛。在泽西岛，他终于有了"快乐意识"。他喜欢这座岛："我们讲法语，与其他被帝国流放的人不期而遇，我们可以沿海边漫步，阳光好的日子里，甚至能在海岸眺望法国。"阿黛尔也带着孩子与他相聚。所有人都认为流居泽西岛的时间不会超过六个月。

在叫作"海景台"（Marine Terrace）的没有家具的白色大房子里，他们住了三年。即使天气阴冷，雨果一家也能在写作、摄影和精神交流中勤勉度日。然而，1855年，作家因为批评拿破仑三世访问维多利亚女王而再次被驱逐。他们往北找到下一个避难所，即根西岛，"迷失在大海和黑夜中的贫瘠的岩石"。

"高城居"是他的新家。得益于《静观集》的商业成功，他于1856年买下了这套房子。为了消除灵魂的漂泊感，雨果临时充当室内设计师。挂毯、家具和各类物件都由作家亲自挑选，一部分木制品上还有他的题词。"祖先的扶手椅"（fauteuil des ancêtres）的椅背上刻着著名的箴言"自我·雨果"。在小客厅的壁炉上，我们发现了"河马""但丁"甚至"莎士比亚"，这些名字属于和他一样的思想家。他在整幢房子的顶层设计了一间能看到海洋的观景房。他的多部重要作品都在这个房间诞生：《历代传说》《莎士比亚论》《海上劳工》《笑面人》，当然还有《悲惨世界》。

他每天早起，写几十上百行诗。对他而言，日常生活有序而宁静。但对他周边的人而言，时间是漫长的。雨果夫人厌倦了岛上的平淡生活，她的两个儿子也是如此。他们的女儿阿黛尔在日记中写下了日渐强烈的孤独感。不久，她将逃往加拿大，去追随她疯狂爱着的英国中尉平森。此外，朱丽叶就住在高城居附近，每天等候情人来访。他们经常用暗号互通信息，比如雨果早上醒来在窗口挥动白色手帕，表示他睡了个好觉。

流亡者虽已在异乡生根，但仍会看着"晨星"梦想自由，夜空中，这颗星仿佛在对他低语：

我这颗星星只是个先驱。

我出来了，有人说我在墓中死去。

各国人民！我是热血沸腾的诗歌啊！

我曾照亮过摩西，我曾照亮过但丁。

大海是一头雄狮，它对我爱慕不已。

我来了。站起来吧，美德、信仰和勇气！

思想家，仁人志士，请登上塔楼，哨兵！

快快点亮吧，眼珠！快快张开吧，眼睛！

生命，把声音唤醒；大地，叫田沟掀动；

你们在沉睡，起来；——因为，我有人陪同，

因为，第一个派我出来的人，他其实

是光明这位巨人，是自由这位天使！①

---

① 《雨果诗歌集》（第二卷），程曾厚译，河北教育出版社，1999 年，第 201—202 页。

1859 年，"天使"降临。拿破仑三世赦免了帝国所有的流亡者，允许他们回归法国。但雨果拒绝在这样的条件下回国。他表示，除非"拿破仑小人"下台，否则他绝不回法国。受够了流亡生活的家庭成员并不支持这一决定。到目前为止，他们一直听从这位家长的意愿，在需要逃亡时逃亡，义无反顾。从此往后，不管他是否同行，他们都将再次在巴黎行走。从 1860 年起，雨果夫人常和孩子们在巴黎短居，将丈夫一人留在他的"岩石"上。

20

大　海

啊！多少喜气洋洋地起航

到遥远的地方的水手与船长

曾消失在这一片昏暗的天涯！

啊，残酷而悲惨的命运！多少人

在没有月光的黑夜里永远葬身

在无底深渊这发了疯的恶浪下！①

在维克多·雨果关于水的众多作品中，《大海之夜》

（*Oceano nox*）只是一例。海洋的力量是其作品的核心。在

---

① 《雨果诗歌集》（第一卷），张秋红译，河北教育出版社，1999 年，第 665 页。

他聆听着大海的呼唤创作的大部分文本中，都有"无法形容的深沉的乐曲"在回响。对诗人而言，被他看见和不知疲倦地凝望着的大海，宛如一位危险的情人，集温柔和急躁于一体，拥有令人钦佩和畏惧的自然之力。

尤其是流亡期间，雨果与大海形影不离。水于他是不幸中的陪伴者。每天，他都能在窗边看到大海，不论在泽西岛还是根西岛。那时所见的海与别处不同。他在《英吉利海峡群岛》（*Archipel de la Manche*）中写道，大海的"特别"在于"不顺从"。冒险出海的水手知道，他们可能遭遇三种危险：洋流、浅滩和水下洞穴。海水撞击岩石的惊险场面也令人兴奋，让诗人产生幻觉：

沿海岸奔跑的人会穿过一连串幻影。岩石无时无刻不在尝试使你上当受骗。幻觉在哪里筑巢？在花岗岩上。世间没有更奇特的景象。那里有巨大的石蛤，可能正从水里出来换气；修女巨人步伐匆忙，身体向海平线前倾，头巾上凝固的褶皱显示风的方向；头戴冠冕的国王在宝座上沉思，他也躲不过浪花的冲击；一些被囚禁在岩石中的人伸出手臂，我们看到了张开的手指。这一切都是参差不齐的海岸。靠近一些……那里有一座要塞，一间萧条的寺庙，一片破屋和残垣断壁，组成一座废弃的城市、实际上，不存在城市、时间和要塞；有的只是悬崖。

此类景观激发了作家的创作欲望。1864 年年初，他开始创作《海上劳工》，一部关于大海"深沉的声音"和它的挑战者的小说。勇敢又孤独的吉利亚特是经验丰富的水手，出于对一位女子的爱，他将竭尽全力抢救一艘遇难的船。在这本书中，雨果将浪漫主义表现到了极致，暴风雨中，水手独自与惊涛骇浪搏斗的情景尤其令人印象深刻：

这是恐怖的时刻。骤雨，飓风，闪电，霹雳，直冲云霄的波浪，浪花，爆裂，狂扭，还有咆哮声，呼啸声，乱作一团。魔鬼倾巢出动。风呼啸着，伴着雷电。雨不是在落。而是整个地倾泻下来。可怜的吉利亚特，连同一条过载的小船，被困在大海岩石的狭巷中。对他来说，没有比这种危机更可怕的了……没有一刻的停顿、间歇、休止和喘息。这永不涸竭的能量被任意挥霍，其中有着怯懦的表现。人们感到这是无限的肺腑在喘息……时而，这好像是在说话，仿佛有人在发号施令。接着是叫喊声、喇叭声、奇怪的震动声以及那雄壮的风吼声，水手们称之为"大海的呐喊"。[①]

吉利亚特最终被海浪卷走，强大的黑色的海浪，如维克多·雨果在 1857 年的一幅草图中所绘。图的底部写着"我的命运"（Ma destinée）。作家，与大海融为一体，自称"海洋般的男人"。不可战胜。

[①]《雨果文集：海上劳工》，北京联合出版公司，许钧译，2014 年，第 288—289 页。

21

诗人的童年

　　每当孩子出现的时候，聚在一起的全家人

　　就大声欢呼，鼓起掌来；他那温柔而闪光的

　　眼神使大家的眼睛都放出光芒，

　　连最忧郁、或许蒙受过奇耻大辱的苦脸

　　都顿时化为笑容，迎接这天真烂漫

　　而又快乐的孩子的出场。①

　　《秋叶集》中有数不清的描写美妙童年的片段。为反抗无法挽回的时光的流逝，诗人不断追忆失落的天堂。"影子

---

① 《雨果诗歌集》（第一卷），张秋红译，河北教育出版社，1999 年，第328 页。

般飘忽的人/在天底下所能享有的无与伦比的美景良辰！"他追忆，以避免其消失在"渺茫的天际"。

因为童年的天真从未停止受到威胁。在维克多·雨果的作品中，死亡的危险总是跟随青春的纯洁。《静观集》中有一首重要的长诗，毫不客气地揭示了那些脆弱的、贫穷的儿童被成年人工具化的事实。这首诗就是《哀伤》（*Melancholia*）：

> 这些没有笑脸的孩子去向何方？
>
> 可爱、沉思的儿童都有瘦削的脸庞，
>
> 这才八岁的幼女外出已无人陪同；
>
> 都在石磨下从事十五小时的劳动；
>
> 他们在同一座监狱上班，从早到晚，
>
> ……
>
> 这劳动伸出铁掌，把小小年纪攫住，
>
> 先会创造出贫穷，然后产生出财富！
>
> 使用一个儿童，就是使用一把工具！
>
> 这进步使人怀疑："这进步是否可取？"

这进步扼杀青春年华！把话说到底，

它夺走人的灵魂，把灵魂交给机器！

要诅咒这被母亲恨之入骨的劳动！①

显然，这些诗句中包含了伟大的小说《悲惨世界》的萌芽。这些无名的不幸者，已现出小珂赛特的影子，在被冉阿让搭救前，她一直被德纳第夫妇剥削。哪怕是这对恶劣夫妻的孩子——爱潘妮和阿兹玛，她们虽然秉性复杂，却也受到作家恩惠，被善意地刻画。

在苦难问题上，维克多·雨果从未被打败过。这是他的抗战，是他的顽念，尤其是在揭发对"可爱、沉思的儿童"的奴役时。1845 年当选为贵族院议员后，他开始思考通过立法改善对童工的管理。然而，1848 年革命和不久后仓促的流亡，不容许他把计划进行到底。

1851 年，短促的共和派起义——对路易·拿破仑·波拿巴政变的反抗——的后果，让作家尝到了苦味。他忘不

---

① 维克多·雨果：《雨果诗歌集》（第二卷），程曾厚译，河北教育出版社，1999年，第358—360页。

了小布尔西埃的死，这个七岁半的男孩在巴黎蒂克托讷街被无故杀害，两颗子弹击中了他的头部。在《惩罚集》，诗人以"四日晚上的回忆"为题，巨细无遗地讲述了这黑暗的一幕，后又在《一桩罪行的始末》中复述。作家以孩子外祖母的口吻说道：

是今天早上，孩子在窗子前面游戏，

他们把我可怜的小家伙打死在地！

孩子一走到街上，他们就朝他开枪。

先生，他又乖又好，就像小耶稣一样。

我反正老了，要死就死我这个老太；

开枪可以打死我，不要打死我小孩，

这对波拿巴先生可没有什么不好！

……

干吗非要打死他？要给我讲讲原委。

孩子他可并没有喊过共和国万岁。

我们都脱帽站着，沉痛得无从开口，

面对无法安慰的伤心事瑟瑟发抖。①

　　"并没有做过什么错事"的孩子，他们的死亡是维克多·雨果会亲身经历的悲剧。一生中，他埋葬了四个孩子：莱奥波德（出生后夭折），莱奥波迪娜（溺亡），夏尔（中风）和弗朗索瓦-维克多（死于结核病）。他的女儿阿黛尔也因患人格障碍住进精神病医院。失去子女的父亲变为慈爱的祖父：夏尔的两个孩子，让娜和乔治，将带给他最大的安慰。

----

① 维克多·雨果：《雨果诗歌集》（第二卷），程曾厚译，河北教育出版社，1999年，第65—66页。

22

《静观集》

1856 年出版的《静观集》是一部"灵魂回忆录"。这部诗集里"有二十五年的岁月",总共有一万多行,分上下两卷(《往日》和《今天》)、六个部分,汇集成一个在生死之间受尽折磨的男人。诗集在 1843 年断开,这一年,莱奥波迪娜意外离世,虽然书中对此事只字未提,但其影响无处不在。《静观集》中的诗歌,大多是作家流亡泽西岛期间的作品,是他的"坟墓"。

通过一首又一首"写给女儿的诗",维克多·雨果把最重要的位置留给了自己的女儿。诗人反复重温美好的回忆和逝去的画面;他与"被赐福的孩子"对话,向他不再理解的万能的上帝发问:

上帝夺走我谦逊的孩子，

孩子爱我，就能给我帮助；

看到她的眼睛对我凝视，

这就是我生活中的幸福。

如果这上帝不愿意停止

他曾经要我开始的工作，

如果他还要我继续做事，

他本来只要把女儿还我！

……

上帝啊！你是否真的相信，

天宇底下，我会宁可只要

你光荣的朝晖威风凛凛，

也不会要她的眼神含笑？①

_____

① 《雨果诗歌集》（第二卷），程曾厚译，河北教育出版社，1999 年，第 430—
432 页。

需要解决的，除了信仰问题，还有哀悼。生活如何继续？如何面对丧女的事实？这正是《静观集》的主题，诗集所展现的是一个多变的、脆弱的、向"陈规陋习"屈服的世界。

在"金字塔"［在写给编辑埃特泽尔（Hetzel）的信中，他这样称自己的诗集］的顶点，诗人第一次回顾往事：他的战斗、他的抗争、他的胜利、他的损失。这里或那里，总有一个女子或一位母亲的身影，以及他对爱的确信："一直爱！爱下去！"在坦白自己的信念之前，他告诉读者："唯爱不变。"

另一方面，诗人在危险的、绝望的处境中，寻找一种逃出"尘世"的方式：

> 现在，我只微微地半张开我的双眼；
>
> 即使有人叫唤我，我也懒得再回头；
>
> 我变得懵懵懂懂，痛苦得难以忍受，
>
> 如同黎明前起身，一通宵都在失眠。

百无聊赖的时候，我宁可无所事事，

也不屑回答那些妒忌、诽谤的小人。

唉！主啊！请你给我打开长夜的大门，

就让我从此离去，就让我从此消失！①

　　活着或死去，雨果必须做一个选择。他选择活着，去寻找新的存在方式。"我这个精灵永远向前进，/谁也无法阻拦。"② 乐观的、散发着光芒的诗，不再只是诗人内心的写照，而是一面人人都能照的镜子："我的一生是你的一生，你的一生是我的一生，你现在的生活正是我现在的生活；命运是统一的。"③

　　他的书是一只瓶子，装着安慰，被投进大海。就算还没有和生活和解，雨果也总是抱着重生的意愿：

　　万物有法则。恶将死亡，眼泪将干涸；

---

① 《雨果诗歌集》（第二卷），程曾厚译，河北教育出版社，1999 年，第 461 页。
② 同上，第 552 页。
③ 同上，第 266 页。

没有锁链，也没有哀悼，也没有灾厄；

可怕而严酷的深渊

不再是听而不闻，结巴着说：我全知。

痛苦将会暗暗地消失，有一位天使

喊道：重新开始纪元！①

---

① 《雨果诗歌集》(第二卷)，程曾厚译，河北教育出版社，1999年，第639页。

23

欧洲梦

维克多·雨果想"以伟大的行动标记自己的一生，然后死去"。他有一个梦想，并竭尽全力去将其实现。他的眼睛不断看向未来和进步，期待并捍卫"欧罗巴合众国"的诞生，它将代表他所信仰的一切：自由的理想和人民的统一。

作家并非这一领域的先驱，在他之前已有人产生这一想法：将欧洲国家重新组合起来。然而不可否认，他预料到了阿里斯蒂德·白里安①在 1929 年发出的倡议，或者

---

① 阿里斯蒂德·白里安（Aristide Briand, 1862—1932），法国政治家，11 次出任法国总理，1926 年获得诺贝尔和平奖，倡议建立欧洲合众国。

让·莫内①在 20 世纪 50 年代中期提出的计划。"欧罗巴合众国"所参照的模型，当然是"新世界"，也就是美利坚合众国。但雨果的目标更加远大。废除边界，实现人和商品的自由流通，货币统一：雨果的欧洲梦与理想的博爱——渗透其思想和作品——密不可分。

在此基础上建立的欧洲可以统一所有国家的人民。1849 年，在巴黎国际和平大会上，维克多·雨果发表了一场巧妙的、充满希望的演讲，充分展现了我们所知道的雨果式的浮夸：

终有一天，巴黎和伦敦之间、圣彼得堡和柏林之间、维也纳和都灵之间的战争将变得荒谬和不可能，正如今天的鲁昂和亚眠、波士顿和费城之间会发生战争一样荒谬和不可能。终有一天，法国、俄罗斯、意大利、英格兰、德国，欧洲的

---

① 让·莫内 (Jean Monnet, 1888—1979)，法国政治经济学家、外交家，被认为是欧洲一体化的主要设计师及欧盟创始人之一。

所有国家，将紧密结合为一个更高级别的统一体，互为兄弟，而不用丢失特色和闪亮的个性……。

终有一天，战场将让位于向贸易开放的市场、向思想开放的头脑。……天南地北的人建立联系！距离被拉近！友爱始于接近。有了铁路之后不久，欧洲就变得和中世纪的法国一般大。有了蒸汽轮船，在今天穿越大洋比以前穿越地中海更容易。再过不久，完成第三个步骤，人们就能走遍全球，和《荷马史诗》中的诸神在天空漫游一样容易。

几年后，电线会环绕全球，包围世界。

这场对博爱的辩护更接近乌托邦，而非现实。然而，这次演讲有其价值，即在一个充斥着冲突和动乱的年代呼吁和平。有时，雨果是无力的目击者。19 世纪 70 年代塞尔维亚和土耳其帝国之间的血腥战争就是例证：

……此时此刻，在离我们很近的地方，在我们眼前，有人在屠杀，有人在放火，有人在掠夺，有人在滥杀无辜，有人割断为人父母者的喉咙，有人在贩卖幼小的女孩和男孩；……这一切如此可怕，足以让欧洲政府采取行动加以制止，犯下这些重罪的野蛮人令人害怕，纵容他们犯罪的文明人则令人震惊。

一个能够保护人民的欧洲共同体的建立迫在眉睫。在雨果的设想中，这个统一的大陆以莱茵河和法-德为坐标轴。但他仍把最重要的地位留给了巴黎。这座拥有一切自由的城市，必须是完美之躯的"头面"。

雨果在《光影集》中写道，他一直是"一个神圣的幻想家"，他的想象经常转变为惊人的远见。正如他在随笔集《巴黎》（1867 年）的第一章中所描述的，这个"特别的国家"的未来，没有逃过那些我们今天已经意识到的重大变化。20 世纪的欧洲，是愤怒的、好战的，它会拒绝死刑，但也会在群山下开凿隧道，以方便人口流动为名，将过去的"美丽与神奇"遗忘。为了征服世界，20 世纪的欧洲将关注飞行事业——让天上遍布"飞船"，以及给年轻人提供工作而不是军装。

字里行间时而闪现作家的理想主义：

> 没有剥削，不管是大国对小国，还是小国对大国，不管在哪儿，个人的尊严和价值都能得到认可；从属概念中的奴役概念将被清除……；监狱改建成学校；无知，作为最严重的贫困，将被消灭……；政治被科学吸收……。知识的暴动迎来曙光。善良和焦急严责胆怯和迟钝。所有其他愤怒都消失了。为了人类的利益，人民在黑夜的边缘探索，翻找出一大片光明。这就是这个国家将有的样子。

不论当初听起来有多不切实际，"欧罗巴合众国"最终成了今日拥有五亿多公民的欧盟。

24

莎士比亚

秋日的一天，维克多·雨果和他的儿子弗朗索瓦-维克多并肩而坐，面向朝海的窗户，一言不发。突然，儿子问父亲，他打算如何度过看不到尽头的流亡时期。在随笔集《莎士比亚论》中，雨果讲述了此事，他当时郑重地回答："看着大海。"他的儿子接着说道："我将翻译莎士比亚。"

这项宏大的计划最终被完成。弗朗索瓦-维克多是其父亲的追随者。这位迎来三百年诞辰的英国剧作家，是维克多·雨果最年长的知交之一。诗人将他算在"海洋般的男人"的小圈子里：

这一切合而为一，这不变中有意外，这变化

多端的单调创造的无穷奇观，这剧变之后的平稳，

这永远令人震撼的无垠的地狱和天堂，这深奥，

都共存于同一个灵魂之中，这个灵魂名叫天才。

你有埃斯库罗斯，你有以赛亚，你有尤维纳利斯，

你有但丁，你有米开朗基罗，你还有莎士比亚，

注视这些灵魂就如同注视海洋。

时值 1864 年，《莎士比亚论》的出版是维克多·雨果献给避难地——英格兰的礼物，也是一箭双雕之举：庆祝最伟大的剧作家的诞辰，与此同时，继续反思艺术的功能——早在发表《克伦威尔》时就已开始。

他对莎士比亚的爱始于兰斯，当时和夏尔·诺迪埃一起。19 世纪初，《哈姆雷特》的作者并不太受欢迎，在启蒙运动时代甚至被猛烈抨击。在雨果看来，莎士比亚是"愤怒的天才"之一，这种人的名誉总是迟到的。"巨著需要强大的读者"。他的文学祖先拥有超凡的想象力。他欣赏其精湛的对照手法、反串美学以及什么也不遵守的能力："他始终在超越自己""一直在工作，在尽职，在挥洒激情，

在前进"。

在对莎士比亚的生平进行简要的陈述之后，雨果终于说起"真正的"主题：艺术的自由意味着只能前进，不能后退，一个人为了在思想上攀升，决定挣脱"普通生活"。"伟大的灵魂"将拓宽社会狭隘的视野，超越预期和限制。有思想的人一旦决定放弃限制，就会变成"天才"：

> 不，还没完！在你面前，没有界标，没有界线，没有终点，没有边境。你还没有走到你的尽头，正如冬天不是夏天的尽头，疲倦不是鸟的尽头，绝壁不是激流的尽头，悬崖不是海洋的尽头，坟墓不是人类的尽头……"你不能走得更远"，这是你自己说的，别人没有这样告诉你……还有别的！别的什么？阻碍？阻碍什么？阻碍创造！阻碍内心！阻碍必须做的事吗？胡说！……你的热情冷却了吗？你要停下吗？你要半途而废吗？你说：到此为止！绝不。

雨果知道自己在说什么。在他撰写《莎士比亚论》之前，其艺术自由已经屡次受到质疑：《玛丽蓉·黛罗美》（1829 年），《艾那尼》和他的"战斗"（1830 年），《国王取乐》（1832 年，被禁演），这还不包括在法国被禁的作品（19 世纪 50 年代初的《拿破仑小人》，甚至是《惩罚集》）。但他坚定不移。人类不仅需要把美和功能结合起来的艺术家，更需要不受限制地传递他们那一部分"无限"的思想家。莎士比亚就是这样的人。显然，维克多·雨果也是。

25

吕伊·布拉斯

吕伊·布拉斯是个幻想家。相信"一切可能"和期待"一切命运"将他引入了生存的僵局。他出身于平民大众，是个孤儿，性格怯懦，优柔寡断，在别无选择的情况下成了一名仆人。继《吕克莱丝·波基亚》和《玛丽·都铎》之后，时隔多年，维克多·雨果向大众介绍了这个男人：被自身的弱点折磨着，在世上寻找自己的地位。

1838 年年初，雨果冒出一个想法：地处巴黎市中心的古老的旺塔杜尔大厅，将是他重回戏剧舞台的理想地点。和朋友大仲马商量后，他决定在开幕时给这座大厅取个新名字：文艺复兴剧院。雨果负责为开幕提供一部剧作。于是，他写了《吕伊·布拉斯》，一个在他脑海中酝酿了很久的故事。他选择了和《艾那尼》一样的背景（西班牙），但故事发生在17世纪末期一个摇摇欲坠的王朝。

吕伊·布拉斯是一名迷恋王后的仆人，其社会地位禁止他打开心扉。每天，他悄悄地给王后送花，小心翼翼地不被人发现。堂·萨留斯特（他的主人）因奸污侍女被驱逐出宫廷，为了报复，他指使吕伊·布拉斯冒充伯爵接近王后，并想尽一切方法勾引她。无力反抗的吕伊·布拉斯听从了命令。

以堂·塞扎尔的假身份，吕伊·布拉斯很快赢得王后的心，并在社会地位和仕途上步步高升，成为万人之上的重臣。吕伊·布拉斯并未忘记自己的出身，他想捍卫强权之下平民的利益。一天，当大臣们正在争夺王国最后的财产时，吕伊·布拉斯让他们吃了一惊。他说道："胃口不小呀，诸位先生！"接着对他们进行了激烈的控诉：

　　啊！廉洁无私的大臣！德高望重的参议！你们就是这样为国效劳的呀！这分明是抢劫王室的财富呵！你们这样毫不惭愧，乘国之危，趁火打劫，真要使西班牙痛哭流泪了！你们这样唯利是图，难道只想装满腰包，然后就逃之夭夭吗！盗窃祖坟的掘墓人，你们的国家岌岌可危，你们休想有好下场！……国家一贫如洗，既出不了兵，又出不起钱……而你们居然胆敢……诸位先生，在二十年内，你们想想看，我算了一笔账，事实就是这样！老百姓，为了你们，为了你们寻欢作乐，荒淫无度，可怜的老百姓背着沉重的负担，压得直不起腰，汗下如雨，给你们榨去了四万万三千万两黄金！……在这个灾难重重的世纪，国家已一败涂地，而你们却还在争夺残羹剩饭！伟大的西班牙人民已经四肢麻木，软弱无力，倒卧在黑暗中，奄奄一息，气数将尽，悲痛欲绝。它好像一头垂死的狮子，养活了你们这些寄生虫，现在却被你们啃食！查理五世啊，在这个可耻又可怕的时代，你在坟墓里做什么？威震欧洲的帝王呵！起来吧！你起来看看！形势每况愈下。这个令人望而生畏的王国，原来建立在帝国的雄厚

基础上，现在却东倒西歪，快要坍塌……我们需

要你来力挽狂澜！查理五世呵！①

　　吕伊·布拉斯穿着公爵的衣服，加入了最卑微之人的

阵营。那里有属于他的灵魂的"崇高"。他在心爱的女人面

前自尽，至死都是浪漫主义者。你可以和巴尔扎克一样，

不喜爱"这文字里的耻辱"，或者和圣伯夫一样，对情节的

真实性保有怀疑。然而面对这个谜一样的角色，这个死于

无法说出自己是谁的人，我们很难无动于衷。

---

① 《雨果戏剧集》（第二卷），许渊冲译，河北教育出版社，1999 年，第 325—
328 页。

26

精神疾病

维克多·雨果很早就接触了精神疾病。首先是其兄长欧仁，他从青少年时期开始，情绪就非常不稳定。两个孩子非常亲近，同他们的大哥阿贝尔一样，有志于名望和成就。19 世纪初，热衷于上流社会生活的阿贝尔已经融入了知识圈。欧仁的性格更为孤僻，他和保王党结交，在诗歌上有成功的尝试。维克多，兄弟三人中最小的一个，长期被叫作"笨蛋"，很早就凭借写作天赋脱颖而出。当维克多 1817 年获得法兰西学术院奖时，欧仁已暗生嫉妒。

随着童年玩伴阿黛尔·富歇成为两人共同关注的对象，欧仁的情绪问题变得更加严重。维克多和阿黛尔形影不离，这让欧仁难以承受。他暗恋着这个女孩，无法目睹幸福从身边溜走。1822年，婚礼当天，他被强烈的愤怒裹挟，且这愤怒将与日俱增。因为意图用刀袭击他的继母——他父亲的后妻卡特琳·托马（Catherine Thomas），欧仁住进了一家私立疗养院，后来又被关进夏朗东精神病院（Charenton）。一份1827年的医疗报告上写着他的病情"无好转可能"。1832年，维克多最后一次去探望他时，他孑然一身，仍然没有恢复理智。五年后，欧仁去世。

兄长的离世是雨果完全不能理解的。他在《心声集》中写道：

你没说过不好的话，你没做过奇怪的事。

如同处子死亡，如同天使飞走，

年轻人，你走了！

没有什么曾玷污你的手和你的心；

在这个世界上人人都在奔跑，

赶路，斗争，呼喊，嗷叫，

而你却在艰难地梦呓！

多年以后，厄运又降临在他最小的女儿阿黛尔身上。如果莱奥波迪娜曾是"天鹅"，那么阿黛尔就是"白鸽"。这个年轻有才华的女孩在1830年的"光荣的三天"① 里出生，与父亲关系亲密，后者很早就发现了她的脆弱和忧郁。她热爱写作和弹钢琴，总能给见过她的人留下深刻印象。1843年4月9日，巴尔扎克在写给汉斯卡夫人的信里称赞道，阿黛尔是"我此生见过最美的人"。她姐姐的离世是一场悲剧。她的两个哥哥都很有事业心。她更喜欢居家生活、房间里的寂静以及写日记。16岁那年，她爱上了雨果家的一位友人，奥古斯特·瓦克里（Auguste Vacquerie），此人与莱奥波迪娜的丈夫是兄弟。在1852年3月28日的日记中，她已经在梦想成为浪漫的女主角：

> 怎么描述这段时间发生在我身上的事呢？有时，我强烈憧憬伟大的圆满，它存在于纯洁而壮丽的死亡中，有时又憧憬各种伟大相交织的生

---

① 指七月革命。——编者注

活……。有时，我梦想炽烈、火热、有激情、有生气的人生……我是维克多·雨果的女儿……年轻，美丽，大放光彩……但是，唉，有时我也对自己的过往感到遗憾……所以我对自己讲，何不"结束"在这个一切皆虚荣与腐败的世界上显得如此特别的、关于爱和伟大的人生。何不作为一个特别的女子死去？

流亡并没能使她的抑郁倾向有所好转，而是使她遇到了一位英俊的英格兰上尉。他叫艾伯特·平森（Albert Pinson），他们之间（可能存在）的爱情有太多谜团。1856年，阿黛尔重病了一场，连续多天发烧，神志不清，病好之后她变得沉默寡言，开始疯狂地给平森写信，说服他娶她。

因为一直没有得到答复，1863年6月的某日，阿黛尔离家出走。她的父亲天真地以为，她会去巴黎与母亲相聚。然而，阿黛尔直奔伦敦，接着又去了加拿大的哈利法克斯。这次出走演变成一场灾难。得知平森已婚，年轻女孩失去理智，追到了安的列斯群岛的巴巴多斯。她的父母忧心如焚，不知道如何说服她回家。雨果夫人于 1868 年逝世，临终前都未再见到自己的女儿。三年后，她的哥哥夏尔也去世了。

阿黛尔最终于兄长离世后的次年回到家中。她 42 岁了，几乎不再与人交流，会听到不存在的声音。维克多·雨果迅速把她送到了圣芒代的精神病院。她在那里一直待到 1915 年去世。父亲去世时，她有什么感觉？无从知晓。大家知道的是，她打扮"妖艳"，常和鬼魂对话，每天不知疲倦地写作。在她去世后，精神病学研究给出了一个尚且合理的诊断结果：精神分裂症。

27

伟大的女主角

在维克多·雨果的作品中，女人从来不是配角。母亲或者女儿，强大，脆弱，两者兼有。她们自带一种深不可测的"神秘"，"让世界为人所接受"。如此而已。

雨果将此特性神圣化，尤其在戏剧中。《玛丽蓉·黛罗美》《玛丽·都铎》《吕克莱丝·波基亚》：历史给了剧作家冒险的视角，使他创造出复杂、令人难忘、绝不平庸的女性角色。举个例子，他选择对那著名的波基亚家族之女感兴趣。这个人物异常毒辣，这一偏见在文学领域已根深蒂固。他想在刻画这位以残酷闻名的意大利贵族时，把她隐藏的一面展现出来：

取一个在道德上丑恶得最可厌、最可怕、最彻底的人物，把她安置在最突出的地位上，在一种女性的心理状态中，还加上体态的美和雍容华贵的风度，这便使她的罪过更加突出；再在这道德的畸形上加上一种纯粹的感情，一种为妇女所能体验的最纯洁的感情，即母性的感情；在这个怪物中，赋予母性，她便会使人感兴趣，她便会使人流泪，这个本来使人害怕的怪物也会使人怜悯，于是，这个畸形的灵魂在你眼中便会变得美丽起来……母性使得道德上的畸形圣洁化起来，这便是《吕克莱丝·波基亚》①。

这是一出双重悲剧：乱伦的吕克莱丝要面对她藏起来的儿子；杰纳罗深爱着没见过面的母亲，却痛恨罪行累累的吕克莱丝。结局：残暴的女主人公死于爱子之手。至少，她在临死前表明了身份。

---

① 《雨果论文学艺术》，柳鸣九译，河北教育出版社，1999年，第114页。

作者用另一种笔调刻画了芳汀，其人生也是一个由盛转衰的过程。迫于无奈，这个"悲惨的人"把女儿珂赛特托付给德纳第夫妇。她是人类暴力的受害者，沦为妓女，直到被化名马德兰的冉阿让收留。冉阿让照顾芳汀，并承诺帮她领回孩子。然而，她还没来得及见到女儿就已油尽灯枯。

雨果笔下的女性往往是殉道者。比如艾斯美拉达，这位吉普赛美人因美貌而受奉承，最后被公开处以绞刑。在《巴黎圣母院》中，她第一次出场时是在街上起舞，光艳动人：

在一块随意铺垫的旧波斯地毯上，她舞着、转着、飞旋着，每当她容光焕发的脸闪过你的面前，那双乌黑的大眼睛就向你投来灼热的光芒。周围的人都看得目瞪口呆……真是一个超凡的仙女①。

她吸引了身边所有的男人：弗罗洛（求而不得），孚比

① 维克多·雨果：《巴黎圣母院》，唐祖论译，漓江出版社，1998年，第74页。

斯（爱她，却不会保护她），当然还有卡西莫多，他将她藏在教堂里，偷偷照顾她，最终死在她身边。

另一位被三个男人爱慕的女主人公是《艾那尼》中的堂娜·莎尔。正如莎士比亚笔下的朱丽叶，她爱上了一个不应该爱的人。她是一个为了爱情随时准备冒险的女人，一个把爱情视为绝对价值的女人；简单地说，她是一个浪漫主义者，从不害怕对意中人说出下面的话：

听我说：随便你去哪里，我都跟你去。无论你去或留，我都是你的人。我为什么这样做呢？我也不明白。我需要看到你，一直看着你，永远看见你。你的脚步声一消失，我就觉得我的心不跳了，少了你，我就丧魂落魄，但是我的耳朵一听到我日思夜想、魂牵梦萦的脚步声，我就如梦初醒，才记得我还活着，才感到出了窍的灵魂又回来了！①

---

① 《雨果戏剧集》（第一卷），许渊冲译，河北教育出版社，1999年，第458页。

127

28

死 刑

1812 年，在西班牙布尔戈斯。维克多·雨果十岁了。在哥哥欧仁和妈妈的陪同下，他看到了阴暗的一幕。这是他第一次看到一座断头台，以及它周围咆哮的人群。一个男人被绑在上面，惊恐失色。有人递给他一个带耶稣像的十字架。雨果将永远记得这个画面，以及后来更多相似画面——当时很常见。这肮脏的名为断头台的野兽在雨果的作品中无处不在，在《悲惨世界》中尤为可见：

> 断头台是幻象。断头台不是一个空架子，断
> 头台不是一架机器，断头台不是由木头、铁件和
> 绳索构成的无生命的机械。它仿佛是一种生命体，

具有一种难以言状的阴森可怕的进取性……它吞噬，它吃人肉，喝人血。断头台是法官和木工合造的一种魔怪，是一个幽灵，似乎以它制造的死亡而生存，过着一种令人闻风丧胆的生活。①

从那时起，维克多·雨果给自己安排了一项使命：把人类从这种野蛮中解救出来。于是，在27岁那一年，他迎来生命中最艰难的一场战斗——他打算用呼声和文字取胜。

《死囚末日记》是他打出的一记重拳。故事道出的是一个男子临死前最后的思考，震撼人心。伟大和大胆在于其形式：整部作品采用第一人称，因此读者可以与死囚产生共鸣。没有任何关于其身份的线索，甚至也没有道出其罪行。这个孤零零的死囚被关在牢房里，而我们与他同在，被囚禁在他的思想里。小说于1829年匿名出版。三年后，雨果为其撰写了铿锵有力的序言，标志着政治斗争的开始：

---

① 维克多·雨果：《悲惨世界》，李玉民译，北京燕山出版社，1999年，第14页。

社会在中间。惩罚位于其上，复仇位于其下。……社会不应该"为了复仇而惩罚"；社会应该为了改善而矫正。

雨果式人道主义蓄势待发。他向法国和欧洲的司法开战。1848 年，他在大会上发表了关于废除死刑的著名演讲；1846 年，他曾站出来反对将皮埃尔·勒孔特（Pierre Lecomte）处死——此人是枫丹白露的护林员，意图刺杀路易-菲利普国王，但是没有成功；他的儿子夏尔被控违反法律，原因是在报纸上发文描述了一个男子被执行死刑的细节，他进行了辩护；之后，1854 年的塔普纳事件令他愤慨。雨果未能成功地让这个英国人免受绞刑，他得知此人经受了真正的折磨（刽子手把自己坠在囚犯的双脚上，以确保其死亡）。我们可以在雨果这一时期的画作中找到受绞刑的人，以及画上的拉丁文 "Ecce lex"：这就是法。

1848 年，临时政府通过投票废除了政治犯的死刑，但完全废除死刑的提议被否决。两年之后，借反对流放，维克多·雨果充满激情地老调重弹："……不论人们做什么，不论发生什么，每当涉及寻找灵感或建议，我都不会在叫作'良心'的处女和叫作'国家理由'的娼妓之间犹豫不决。"

雨果的良心命令他去建设一个令人骄傲的未来。很久之后，1981年，在弗朗索瓦·密特朗担任总统期间，罗贝尔·巴丹戴尔（Robert Badinter）作为雨果的后继者之一，主张"无条件、简单和根本性"地废除死刑。从始至终，雨果讨论的焦点都不是犯罪，而是犯罪的起源。是什么促使人们偷窃和杀人？小说《克洛德·格》——主人公是个一字不识的可怜人——的最后几页，给出了一些答案：

谁是真正的杀人犯？是克洛德吗？是我们吗？这些问题既严肃又尖锐。现在，它们引起了一切头脑清醒的人的注意……坐在厅中和两侧的先生们，广大的人民正在痛苦中煎熬……贫困迫使男人犯罪，迫使女人堕落……你们没有认真治疗这种病。好好研究一下病情吧……你们应该重立刑罚，重订法典，重建监狱，重训法官，把法律纳入合乎风俗习惯的轨道。先生们，法国每年杀的人太多了……到苦役犯监狱去吧。——查看这些被人类定出的法律所惩罚的人吧。从轮廓上估量一下这些人的癖性……这是人民的脑袋，你们培植、开发、浇灌、繁殖、启发、教诲，使用它吧；切不要把它砍掉。①

另一场战斗开始了。它的名字是教育。

①《雨果文集：死囚末日记》，廖星桥译，河北教育出版社，1999 年，第 280—285 页。

29

幽　默

　　路易·茹韦（Louis Jouvet）曾遗憾道，雨果像一座纪念碑，人们只知欣赏，却从未"进入……这座建筑"；坚定地保持对这位魔法诗人的刻板印象——认真且专注，闭眼想着上帝，睁眼望着大海。事实上，在他严肃的外表下，在充满激情的、忧郁的浪漫主义者的形象下，隐藏着一个真正的"开玩笑的人"（loustic）。历史学家亨利·吉耶曼（Henri Guillemin）取用了这个出自《悲惨世界》的词，关于维克多·雨果的幽默，他贡献了一本出色的小书。大作家是个快乐的、爱开玩笑的人，喜欢笑话、轶事和辛辣的评论。

　　有时他的幽默是黑暗的、另类的，带有对女性的蔑视。不管怎样，幽默对雨果而言是不可或缺的，有《街道与园林之歌》中的诗句为证，他致力于养成"嘻嘻哈哈大吃大喝"① 的精神。

雨果的很多朋友都强调过他个性中的这一方面。圣伯夫发现，雨果有时不只是滑稽，而是"太过欢乐"；记者丰达内（Fontaney）欣然谈到，有次在雨果家吃饭，他"没完没了地"抛出双关语；戏剧批评家朱尔·雅南（Jules Janin）勾勒了这样一幅肖像："亲切的脸，随和的微笑，喜气洋洋，笑声洪亮"。但他在笑什么呢？维克多·雨果的幽默是什么样的？

随手翻开一本札记，我们看到这样的文字："我们来看事情是如何因阴阳性而异的：当一个卑躬屈节（plat）的男人对朝臣（courtisan）而言是有用的；当一个平淡无奇（plate）的女人对交际花（courtisane）而言却是灾难。"②

――――――――――

① 《雨果诗歌集》（第四卷），李恒基等译，河北教育出版社，1999 年，第 34 页。――编者注

② 法语形容词的阴阳性与所修饰名词一致，一般在阳性形式后面加 e 即为阴性形式。――编者注

他还拿英语单词的发音开玩笑（连伟大剧作家的名字也不放过）："莎士比亚！还以为是一个奥弗涅人要死了……"①

大街上、长廊里、咖啡馆里，周围发生的一切都会传到他的耳朵里：雨果消息灵通。听朱丽叶·德鲁埃说，女仆苏珊没有意识到自己说错了法语单词，雨果乐不可支。一天早上，苏珊刚醒就对她的女主人说："我睡得像个黑人②！"

他的游记也趣味盎然。雨果经常旅行，这是他喜欢的。但有些日子总是可以更有意思一些。维克多·雨果抱怨道："无聊透顶……天气很冷；下雨了；女佣长得丑。我遇到一些巴黎人；他们认出了我；他们向我问好；我不得不在心烦时打起精神。"好像他从未这么厌烦过似的。比起无聊，愤怒更能让作家加倍发挥他的幽默感。他非常喜欢对他讨厌的政治人物"下嘴"，比如 1870 年曾短暂担任法国国防

---

① 奥弗涅人把 Shakespeare 说成 Chexpire，发音像 J'expire，意思是"我要死了"。——编者注

② 此处女仆的本意是"我睡得又香又久"，即短语 dormir comme un loir，却错将 loir（睡鼠）说成 noir（黑人）。——编者注

政府总统的特罗胥将军：

> 特罗胥，他的名字是背信弃义的过去式，①
>
> 这人集结了数不清的美德，加起来却无德，
>
> 作为勇敢的士兵，诚实，恭顺，无能，
>
> 作为一把好枪，后坐力有点太强。

路易·弗约（Louis Veuillot），一位虔诚的天主教徒和私立教育的推崇者，其学识也受到雨果的调侃："我们谈论你时，称你为'有学究气的人'，此时'有学究气的'只起装饰作用。"② 背叛者拿破仑三世的同谋也未能幸免："哦！耶稣会会士！哦！专制之士！已经抓好平底锅的手柄了？③ 耐心点！煎到最后的煎得最好。"

---

① 特罗胥将军的法语名 Trochu，发音与 trop choir（极度不守信用）的过去分词形式相同。——编者注
② "有学究气的人"的法语为 cuistre，去掉 istre 后，cu 的发音同 cul（笨蛋）。——编者注
③ 词句为短语 tenir la queue de la poêle 的字面意思，可转译为"掌握大权"。——编者注

30

中世纪情怀

夏多布里昂用他出了名的谦逊口吻，表示对强调了中世纪重要性的自己感到满意。我们可以在他的《墓畔回忆录》（*Mémoires d'outre-tombe*）中读道："是我提醒年轻一代去欣赏古老的神殿。"这些年轻人当中自然有维克多·雨果，他很早就对这段被遗忘的历史产生了热情。

17世纪令他失望：过于陈旧，过于野蛮。他更欣赏遥远的、华丽的古代文化，古典主义的灵感来源。直到浪漫主义运动兴起，这些古代艺术家和思想家的魅力才再度散发。多亏了夏尔·诺迪埃推荐的《玫瑰传奇》，或者沃尔特·司各特的《艾凡赫》，雨果才发现了他们。此外，《颂歌集》中部分向英勇的骑士致敬的诗，也是受这位苏格兰作者的启发创作的。在《混战》（La Mêlée）中，诗人展现了诺曼底人和威尔士人激战的血腥场面：

> 信号发出。在翻滚的尘浪中，
>
> 他们步伐短促，声如雷动……
>
> 像两群紧咬着嚼子的黑马，
>
> 像两群在山谷里角斗的公牛，
>
> 两队铁甲骑兵挥舞刀枪，喊声震天，
>
> 以不相上下的威猛，击碎对手的铁面。

之后，在《东方集》的序言中，中世纪被描述为"另一片诗歌的海洋"。他的许多作品都体现了这一描述，包括《历代传说》《城堡里的爵爷们》（Les Burgraves），还有《莱茵河》（Le Rhin）。在后面这部作品中，作家自娱自乐，以一种惊人的细致，描写了查理大帝的座椅：

> 这个座椅既矮且宽，靠背为圆形。由四块光
>
> 面大理石板组成，上面没有雕琢，用铁方子安装

在一起。座位上是一块橡木板，上面铺着一块红色金丝绒坐垫。这把座椅高高放置在六级石阶上，其中有两级是花岗岩的，四级为白色大理石的。这座椅曾贴过十四块拜占庭式的金片，这我刚才曾讲到过。在四级白色大理石阶梯通往的石台上面，查理大帝曾坐在墓穴的座椅上，他头戴皇冠，一手托着地球，一手握着权杖，日耳曼宝剑斜跨腰间，皇帝大氅披在肩上，耶稣的十字架挂在胸前，双脚伸向奥古斯特的石棺。他的亡灵曾以这样的姿态在王位上坐了三百五十二年，从 814 年到 1166 年。[①]

迷恋随着时光消逝。从 1860 年起，中世纪慢慢退出他的作品，诗人甚至开始抨击他曾喜爱的主题。在《撒旦的末日》（*Fin de Satan*）中，他写道："哥特式上帝，易怒、偏执、嗜杀；/柴堆噼噼啪啪地燃烧/恐怖的黑色彩画玻璃，

[①]《雨果游记集》，刘华译，河北教育出版社，1999 年，第 38 页。

在火光里泛红。"

尽管如此，他对大教堂的爱却完好无损。他在书中颂扬它们的美。或许对他而言，对瑰丽的中世纪建筑的爱，已经超出了中世纪本身。在《巴黎圣母院》中，古迹变成了一个真正的角色："双头的狮身人面巨兽蹲踞在城市中心"①。他的朋友奥古斯特·瓦克里的说法更夸张：他喜欢说，大教堂是雨果名字里的 H。

在小说的第三卷中，他仍不厌倦地写道："……是人类和一个民族的巨作……它是一个时代各种力量通力合作的奇妙的产物，在它的每一块石头上都可以看到艺术家的天才和工匠的奇想。总之，这是一种人类的创造，像神的创造那样有力而丰富，而它似乎是窃取了神的创造的两重特征：多变而又永恒。"②

对雨果而言，大教堂是人类建筑的顶峰。它是绝对在艺术中的象征，用其"朴素的不规则性"将人吸引。他对巴黎的建筑了如指掌，与此同时，沙特尔和斯特拉斯堡的

---

① 维克多·雨果：《巴黎圣母院》，唐祖论译，1998 年，漓江出版社，第 207 页。
② 同上，第 128 页。

建筑也在他的最爱之列。然而，在令人叹为观止的古迹背后，是高于一切的理想的完美文学，是作家的写作思想的投射。在《重现的时光》（*Le Temps retrouvé*）中，马塞尔·普鲁斯特也利用了这一著名的建筑形象，来解释伟大的小说《追忆似水年华》的结构。

31

祖孙乐

我呀，一个小孩就使我完全神魂颠倒，

我竟有两个：乔治与让娜；

我把一个当作向导，

把另一个当作光明，一听见哭声

我就连奔带跃，

因为乔治刚满两岁，让娜只有十个月。

他们生存的尝试显得那么笨手笨脚；

看着他们那微微颤动的语言的幼苗，

我仿佛望见一角青天在飞逝，在消散；

我目送着每个黄昏，我目送着每个夜晚，

我黯淡而冷酷的命运失去了光芒，

我激动地喃喃自语："他们就是曙光。"

他们那难懂的对话为我打开了眼界；

他们交流着理性的启示，互相领会，

彼此了解，

你可清楚这一切使我怎样地浮想联翩！

在我的心灵深处，愿望，计划，荒诞的观念，

聪明的主意，都随着他们温柔的眼神

纷纷降临，我成了一个耽于幻想的老人。①

这是维克多·雨果晚年的诗作之一。75岁时，作家是巴黎的新议员（绝对的左翼），也是一位快乐的祖父。在根西岛——回法国之后成为他的第二故乡——他产生了把对孙辈的爱表达出来的想法。一开始，他只打算写一首长诗。最终，这些手稿组成了以坚强和乐观为基调的诗集，尽管悲痛的往事仍历历在目。在那个时候，雨果已经失去了四个孩子。

———————————

① 《雨果诗歌集》（第四卷），李恒基等译，河北教育出版社，1999年，第181页。

就是在这本诗集中，诗人写下了以"恒心"为题的诗句："不要紧。让我们继续，一直进行到底。/只要拿对了钥匙，事物之门就不会长久紧闭。"[①] 他的欢乐存在于"当祖父的艺术"中：他没有放弃自己偏爱的主题（政治、进步、人民），但他允许自己说一些更亲密的题外话。我们或许会惊讶于他一有机会就带"孩子们"在植物园里散步，看着他们安然入睡，或者和他们一起在地上玩耍。

诗集首先是献给乔治和让娜的，他们是夏尔的两个孩子。1871年夏尔去世时，他们的年龄分别是三岁和两岁。作家收养了他们，和朱丽叶·德鲁埃一起抚养。雨果夫人去世以来，朱丽叶成为他的伴侣。我们对这两个孩子成年后的生活知之不多：让娜嫁给了莱昂·都德（Léon Daudet，其父是著名的《磨坊书简》的作者）；乔治成为一位画家，他留下了一份珍贵的文本，记录了与祖父（"爸爸的爸爸"）的回忆。这部"回忆录"记载了一切遥远但清晰的画面：比如，每天清晨，在办公室里的"一堆杂物"

[①]《雨果诗歌集》（第四卷），李恒基等译，河北教育出版社，1999年，第254页。

中间，雨果披着睡衣工作，或者正用牙齿咬龙虾，像个"善良的食人魔"。

乔治说："……我不会用多么忧郁的骄傲、多么沉重的喜悦来表达……今天想起他写给我们的诗……我总是能感觉到他温柔的手牵着我，通过讲述他的梦，带我走进与那些已离去之人的让人安心的亲密关系。"

后来，他忆起在雨果身边的最后时光。当时，雨果已经十分衰弱了，作为一个老人对年轻人最后的建议，他说了下面的话：

爱！……追求爱！爱让一个好人变得更好！……爱给人快乐，只要你愿意，你也能通过爱得到快乐……你必须去爱，我的孩子，用你的一生……好好爱。

1885 年 5 月 22 日，雨果在巴黎十七区的公寓中辞世。人们尊重他最后的意愿，用"穷人的柩车"运送他的遗体。6 月 1 日，灵柩通过凯旋门进入先贤祠，百万民众相送。

32

教 育

　　小说《克洛德·格》中有雨果在教育问题上最有力的辩护词。小说讲了一个真实的故事：一个男人为养家而行窃，把自己送进了牢房。在和同监人成为朋友之后的某一天，他被转移到一间单人牢房中。他提出抗议。愤怒中，他杀死了狱卒，进而被判处死刑。

　　在小说的最后，作家控诉道，社会——他自己所处的社会——谋杀了它所塑造的那些人。在雨果看来，一个人会杀人，是因为社会在逼迫他们这样做：

　　　　先生们，法国每年杀的人太多了。既然你们
　　　　正在讲节约，那么先在这方面节约点儿吧。既然你们正热衷于"取消"，那么先把刽子手取消吧。用你们雇用八十个刽子手的薪金，可以支付六百名小学教师的工资。想想大多数的人民吧。为孩子们多办几所学校，为男人们多开设几座工厂。你们知道吗，法国是欧洲能识字的人最少的国家之一！……真是奇耻大辱！到苦役犯监狱去吧……摸摸他们的脑袋……这些可怜的人之所以不伦不类、奇形怪状，无疑，首先应当归罪于先天，其次才是教育。①

在他看来，一个人不会比另一个人更坏。然而，一个人可能比另一个人更聪明，因为他得到了发展脑力的机会。这部小说出版于1934年，雨果未来的共和立场已经逐渐显现。

雨果1848年当选制宪议会议员（保守党），连续发表了反对死刑和贫穷的演讲，每一次倡议都加深了他与他所

---

① 《雨果文集：死囚末日记》，廖星桥译，河北教育出版社，1999年，第283—284页。

在阵营之间的裂痕。从 1850 年起，对苦难者所遭遇的不公的反思，正当地延伸到了教育问题上。

法卢伯爵（信奉天主教）接受新的共和国总统路易·拿破仑·波拿巴的委任，准备开展教育改革。政府要重建被 1848 年革命扰乱的社会秩序。法卢对世俗教师怀有敌意，他提出了由教会管理所有小学的议案。但是他忘记了，将与他对峙的是维克多·雨果，一个坚决反对教权的人。作家于 1850 年 1 月 15 日在议会专席发表的演讲，加快了他转向左翼的速度：

> ……我希望教会的教育只存在于教内，而不是教外。……我想要……我们的父辈想要的……教会是教会，国家是国家。……包括我在内的人们，想为这个高尚的国家乞求的，是自由而不是压迫，是持续发展而不是衰退，是力量而不是奴役，是强盛而不是虚无！那么！这就是你带给我们的法律吗？……你要凝固人的思考，熄灭神圣的火把，将精神物质化！……你不想要进步？你

将迎来革命。对那些失去理智的人说：如果人类不前进，上帝就回以颤抖的大地！

演讲引起了轰动，然而法案最终通过。维克多·雨果将继续为"免费的""义务的"和"世俗的"教育战斗。他的信念完好无损。教育，如同他在《莎士比亚论》中勾画的一样，拥有救人的力量：

> 为人民做工作，这是最迫切的需要。
>
> ……
>
> 生活，就是理解。生活，就是面对现实微笑，就是越过障碍注视将来。生活，就是自己身上有一架天平，在那上面衡量善与恶。生活，就是有正义感，有真理，有理智，就是忠矢不渝、诚实不欺、表里如一、心智纯正，并且对权利与义务同等重视。生活，就是知道自己的价值、自己所能做到的与自己所应该做到的。生活，就是

理智。①

　　教育者，就像医生，开一剂叫作"书"的良药，治疗叫作"社会排斥"的疾病，并指出唯读书人有能力滋养自己的头脑和心灵：

　　　　给人指出人类的目标，首先改造智慧状况然后再改造生理状况，当人们都忽视思想的时候对肉体表示轻蔑并且以身作则，以上便是作家当前的直接而迫切的任务。

　　　　任何时代的天才都曾完成过这样的任务。

　　　　你问，诗人究竟以什么而有益于人群？这很简单，因为他们使人群得到文明光辉的照耀。②

---

① 《雨果论文学艺术》，柳鸣九译，河北教育出版社，1999年，第182页。
② 同上，第188页。

33

画家雨果

　　维克多·雨果一直都在思考如何用文字和图像进行创作。写作和绘画对他而言是密不可分的，因为两者相辅相成。他在巴黎当寄宿生，也就是在科尔迪耶（Cordier）寄宿学校时的课本，足以证明这一点。他爱在课文的空白区域用大胆的形式涂写字母。他还在上面演示历史桥段："曼利乌斯之死"或"迦太基人的诡计"。但直到 19 世纪 30 年代早期，绘画才真正成为雨果的日常，在这个时期，他开始和朱丽叶·德鲁埃一起游历欧洲。

　　两人一起去了非常多的地方：布列塔尼（朱丽叶的家乡）、阿尔萨斯、勃艮第和莱茵河畔。雨果总是随身携带一个本子或者一些废纸，把看到的一切都勾画下来：湖边的三棵树、卢塞恩小镇的一座老桥，或鼠塔——位于德国小镇宾根附近，在这幅杰作的背景中，中世纪小屋的轮廓依稀可辨。

渐渐地，作家也发现了自己的天赋，尽管他在朋友面前仅以初学者自居。法兰西剧院的女演员朱迪斯夫人在回忆录中写道，一次在大仲马家用晚宴时，维克多·雨果说："我很想，我应该做第二个伦勃朗！"这个榜样并不是随机挑选的。雨果喜欢明暗对比：光与影的碰撞将一直影响他的画作和诗歌。

女诗人和散文家安妮·勒布兰（Annie Le Brun）出色地研究了雨果对黑色的迷恋，并在作品中将雨果的黑色比作"彩虹"。与小说家玛丽·雪莱和马修·格雷戈里·刘易斯（Matthew Gregory Lewis）这样的前辈一样，受黑暗经历的影响，雨果对《布格-雅加尔》（Bug-Jargal）的"黑色"岛屿、《巴黎圣母院》的"黑色"哥特风、《悲惨世界》的"黑色"贫民窟着迷。他曾说自己是"一切事物的大观察家"，他的视线从不远离最深的黑暗，而是被其多样的可能性所吸引。

他是一个好学生，他的画家朋友路易·布朗热（Louis Boulanger）、保尔·于埃（Paul Huet）、塞莱斯特·南特伊（Célestin Nanteuil）乃至欧仁·德拉克洛瓦（Eugène Delacroix），都是他学习的对象。然而，他很快就抛弃了简单的铅笔画或钢笔画，开始尝试自创的各种画法。指纹、火柴、植物都能实现艺术效果。有时，黑咖啡或烟灰可以取代墨水。线条变粗，细节退居其次。

扑朔迷离、变化无常，作家的画渐渐远离纯粹的现实，变得"有点狂野"。他在流亡至诺曼底群岛时所作的海景画就富有这种魅力。其中一部分作品后来被用作 1866 年出版的小说《海上劳工》的插画。正如他的朋友波德莱尔所说，我们从中看到"华丽的想象力……在流淌……像天空中的神秘"。景色颠倒，画中元素似乎在移动：我们仿佛陷入了他的精神的黑暗中。

维克多·雨果创作了上千幅画，其中包括大量漫画。他用木炭条画脑袋发黑的军事长官、挂着邪恶微笑的修道院院长，或者思想狭隘的法官。因此，在文学作品以外，绘画成为他表达观点的另一种方式。他由此探索解读世界的其他可能性，继续坚持不懈地征服现实。他始终在睁大眼睛观察。

34

为黑人发声

在维克多·雨果的许多抗争中，人们常提起他反对奴隶制和为黑人争取权利的斗争。

雨果 16 岁时就已抓住这个主题，那时他出版了自己的第一部小说《布格-雅加尔》。这是一本不出名的书，却很重要。书中的故事发生于 1791 年的圣多明各。叙述者多韦奈和他叔叔的一名奴隶建立了友谊。这名奴隶叫比埃罗，他很快将率领黑人反抗富有的殖民者，并被人叫作布格-雅加尔。一场死伤惨重的战争发生了，它将在 19 世纪初给海地岛带来独立。

维克多·雨果延展了孟德斯鸠和孔多塞的思想，他们在多年前就对奴隶制的荒谬性进行了谴责。这里有一封作

家于 1860 年 3 月 31 日写给海地人的信，发表于《进步报》
(*Le Progrès*)：

> 地球上没有白人和黑人，只有灵魂，你是其
> 中一员。在上帝面前，所有灵魂都是洁白的。我
> 爱你们的国家、你们的种族、你们的自由、你们
> 的革命、你们的共和制。你们的岛屿景色宜人、
> 风光旖旎，让自由的灵魂感到愉悦；她刚刚树立
> 了一个好榜样；她推翻了专制。她也将帮助我们
> 推翻奴隶制。

当时，废奴问题主要出现在美国。从 19 世纪 20 年代
初起，政府的决定将这个国家一分为二：奴隶制在南方蓬
勃发展，在北方却逐步消失，尽管黑人在北方的地位仍然
无法与自由人相提并论。"逃亡奴隶"的数量激增，废奴运
动兴起。其中一个重要人物的名字将在 1859 年秋天变得家
喻户晓："约翰·布朗起义"在美洲成为头条新闻，并激起
了大西洋彼岸的热情。

维克多·雨果是通过报纸了解到情况的。他立刻被这个打破常规的、坚定的男人的事迹触动：一个白人冒着生命危险助黑人摆脱奴役。然而之后的形势变得不容乐观。为了解放当地黑奴，布朗率队攻占位于弗吉尼亚州哈珀斯费里的军火库。他和同伴在与军队激战后倒下。他重伤被捕，受到虚假的审判并被判处死刑。1859 年 12 月 2 日，雨果给弗吉尼亚州州长写了一封信，请求赦免约翰·布朗。这封信题为"致美利坚合众国"：

当我们想到布朗，这位解放者，这位基督的战士正在尝试的事情，当我们想到他将死去……被美利坚共和国杀害，这桩罪行出自国家之手。……我，虽是一个无足轻重的人，却和所有人一样，怀有人类的良知，我含泪跪倒在新世界伟大的星条旗前，双手合十，带着深深的敬意，恳请显赫的美利坚共和国考虑拯救普遍的道德原则，救救约翰·布朗。……是的，让美国知道并想到，比该隐杀死亚伯更为可怕的，是华盛顿杀死斯巴达克斯①。

提及美国独立的英雄和古代奴隶起义的伟人，并不足以让当局赦免布朗。在雨果发公开信的同一天，布朗被处决。

毋庸置疑，和其他烈士一样，这位烈士的影子也会在作家的小说中浮现。雨果在《悲惨世界》中写道："总得有人站在败者的一边。"他总是站在被压迫者一边，"……他们遵循理想的不可动摇的逻辑，为伟大的事业而奋斗。"②

1865年4月9日，美国通过第十三修正案废除了奴隶制。至于死刑，那是另一场战斗，离胜利还很遥远，将持续到雨果生命的最后一刻。

---

① 古罗马时代领导起义的奴隶领袖。——编者注
② 维克多·雨果：《悲惨世界》，李玉民译，北京燕山出版社，1999年，第836页。

35

奥林匹欧

维克多·雨果有一个响亮的化名，借以抒发这世界带给他的所有浪漫情感。这个化名就是"奥林匹欧"……

> ……在生命中的某个阶段，随着视野不停扩大，一个人会感觉自身太渺小，不足以继续代他发声。于是他创造了一个化身、一个代言人，诗人、哲学家或思想家。这个人还是他，但已然不是"我"。

以上是他在《心声集》中就面具的选择所做的介绍。三年后，他在《光影集》中，在著名长诗《奥林匹欧的悲哀》（*La Tristesse d'Olympio*）的开头，再次戴上面具。这首抒情长诗是维克多·雨果在 1837 重游比耶夫尔（Bièvre）谷之后写下的。这是一个充满回忆的地方：在 1834 年和 1835 年的夏天，他和朱丽叶·德鲁埃在此地相会。当时，两个年轻人刚认识一年，喜欢去远离巴黎的地方。作家在梅斯租下一幢别墅，用作隐秘的爱巢，两人经常在附近的森林里漫步。那是一段单纯而欢乐的时光。

然而，当雨果于 1837 年 10 月只身回到故地时，他只感觉无比忧伤。那时候，他所写的诗都是关于消失的日子，消失的幸福。时过境迁。他的哥哥欧仁（在被关进夏朗东精神病院数年后）去世了；他的女儿阿黛尔病得很严重；他几次在法兰西学术院成员选举中落选；还有一个值得一提的细节，他患上了眼疾，视力日益减弱，不得不每天都戴着硕大的"蓝色玻璃"。伴着精神的疲惫、身体的虚弱和心灵的痛楚，时光无情地流逝着：

> 他什么都想再看一看：那泉边的池塘，
>
> 那曾目睹他们因施舍而囊空如洗的破房，

那弯腰曲背的老白蜡树，

那隐藏在密林深处的情侣幽会的圣地，

那曾发现她们的灵魂因沉醉在热吻里

而忘却整个世界的古木！

他寻找那花园，那陡坡上的果园，

那隐约显出一条倾斜的幽径的栅栏，

那孤零零的独家田舍。

他四处漫游，无限惆怅，拖着沉重的脚步；

他透过眼前一棵棵耸起黑影的绿树，

渐渐看到苍茫的暮色！①

　　一切就这样发生，仿佛大自然已经忘了，他作为一个诗人，曾热情地生活过。他真的热爱过吗？抑或只是一个梦？"难道我们不再存在？我们曾否有过青春？难道我们徒劳的呐喊再也招不回韶光？"② 我们身处浪漫之中。满面泪

---

① 《雨果诗歌集》（第一卷），张秋红译，河北教育出版社，1999年，第643页。
② 同上，第645页。

痕的诗人与《湖》的作者拉马丁同属一派，后者已诉说过生活在流逝的时光面前是多么不可靠。奥林匹欧，在漫步中，也做了同样的事情。好在诗兴的爆发把诗人带回到生活中：没法解释，记忆仍在那里，完好、珍贵，被他从阴霾中取回。正是在他的心中，他找回了过去：

> 好像什么人提着一盏灯到处寻找，
>
> 远离现实的世界，远离欢笑的宇宙，
>
> 我们的灵魂沿着一条幽暗的坡道
>
> 轻步到达内心深渊那荒凉的尽头；
>
> 在那不见一丝星光的漆黑的长夜中，
>
> 我们的灵魂从仿佛万物俱灭的深渊里
>
> 感觉到有颗心依然在夜幕下跳动……
>
> 这就是你啊，永存于黑暗中的神圣的记忆！①

---

① 《雨果诗歌集》（第一卷），张秋红译，河北教育出版社，1999 年，第 649—650 页。

36

灵　桌

维克多·雨果在他的时代是最受人尊敬的人之一：备受赞扬的诗人、畅销小说家、坚定的政治家、法兰西学术院院士和法兰西世卿。所以要如何理解，这位作家竟十分严肃地相信灵魂呢？既不是突发奇想，也不是年老丧志，雨果一生中用了近两年时间与死者交流，并在他的儿子夏尔的帮助下，一丝不苟地将对话记录下来。但"笔记"是绝对保密的；他必须考虑到自己的名誉，将出版事宜安排到去世后，以免毁掉自己的政治和文学事业。

今天，这部分内容已公开。两本笔记合而为一，书名为《灵台集》（*Le Livre des tables*）。我们从中发现了一个奇异的维克多·雨果。他被与来世相关的想法以及灵魂说的话所诱惑，定期参加通灵会议，这种状态从 1853 年秋天一直持续到 1855 年年底。

近一年的时间里，他住在泽西岛上一幢奇特的房子里，滨海而居，与世隔绝，没有图书馆、剧院或者博物馆供他解闷。他感到百无聊赖，也还没有从爱女莱奥波迪娜意外离世的创伤中恢复。

在这"一小片自由的土地上"，维克多·雨果投入大量时间写作，沿大海散步，与灵魂交谈。他的朋友德尔菲娜·德·吉拉尔丹（Delphine de Girardin）向他介绍了灵桌招魂，这是当时大西洋彼岸的流行游戏。这位女诗人一到就安置好了灵桌，雨果一家最初持怀疑态度，但很快就乐在其中。然而什么也没有发生：桌子没有移动。德尔菲娜又去买了一张三只脚的圆桌。游戏重新开始，依然无事发生。这群人并没有泄气，1853 年 9 月 11 日，他们与其他见证者一起再次尝试。这一天在场的有德尔菲娜、雨果夫人、维克多、他们的儿子夏尔和弗朗索瓦-维克多、小阿黛尔、勒·弗洛（Le Flô）将军夫妇、亨利·德·特勒韦内（Henri de Tréveneuc）伯爵，还有他们忠实的朋友奥古斯特·瓦克里。灵魂被召唤，灵魂回应了。

游戏有精确的代码：敲一下代表"是"，敲两下代表"不是"。字母的处理方式为：敲一下是 A，两下是 B，六下是 F，以此类推。德尔菲娜·德·吉拉尔丹问道："有人在吗？"令所有人惊讶的是，"一只桌脚抬了起来，悬在空中"。灵魂称自己是"姐妹灵"——所有人都认定她是莱奥波迪娜，雨果已故的爱女。

这段传闻中的灵魂和她的父亲的对话令人难以置信：

——你高兴吗？（雨果问道）

——是。（莱奥波迪娜回答）

——你在哪？

——光。（她回答）

——怎样才能找到你？

——爱。

不再怀疑。"温柔的天使"就在他身边。在《静观集》中复活的那张"黑暗的大口"确实存在，并让美丽的灵魂相遇。夏多布里昂、伏尔泰、亚里士多德、拿破仑一世、穆罕默德、路德、安德烈·舍尼埃、莎士比亚：所有伟大的历史人物都将与维克多·雨果在灵桌前会面，甚至包括耶稣基督！作家喜欢上了这项活动，据说曾一连数个夜晚"出席会谈"。灵桌似乎可以安慰和启发他：《静观集》中三分之二的内容创作于这一时期。

几个月过去了，灵桌之夜的一位常客，朱尔·阿利克斯（Jules Allix），失去了理智。雨果决定降低会议频率，直到 1855 年夏末终止。几个星期后，一群人开始收拾行李，搬去了根西岛。灵桌再也没有说过话。

今天，质疑仍然持续着。总是有人就上述交流的真实性提出疑问。会议记录是真实存在的。但可以想象，担任记录员的夏尔一定对整个事件做了详实的记载，且文笔优美，也可能是文学练习竞赛中的一部分。对雨果而言，虽然他可能没有与女儿的灵魂"对话"，但毫无疑问，他每天的生活都受到她的影响。

37

《历代传说》

在关于内心痛苦和重生的《静观集》问世一段时间后，维克多·雨果开始构思一部巨著，用这部作品——如他在1856年写给一位朋友的信中说的——"带大众登上某些顶峰"。他有一个确定的、大胆的想法：用诗的形式写历史人物，他们的冒险，他们的悲剧，他们的争吵，他们的成就。一言以蔽之：发现"人类迷宫里隐秘的重要路线"。他所构想的这部作品就是《历代传说》。

写作贯穿整个流亡时期。雨果把这部作品"献给法兰西"，他献出这部诗集，如同献出"枯黄的树叶"。

第一部分于1859年在布鲁塞尔和巴黎出版。这一年对雨果而言非同寻常，他拒绝回国，尽管拿破仑三世已批准政治流放者回归法国。诗人虽已经背井离乡八年，但他还能继续忍耐："不要指望我给予大赦哪怕片刻的关注。对法国当下的形势，我的责任是保持绝对的、坚定的、永恒的抗议。"

这个宣誓是庄重的，和《历代传说》的序言一样。雨果再一次表明立场，反对第二帝国，支持民主自由。他提醒读者："在本书中，笑盈盈的场景是不多见的，因为历史上就不多见。"① 诗人决定描绘人类，"这个伟大的形象，单一而多重的，凄惨而光彩夺目的，命运注定而神圣"②。

从亚当和夏娃开始，然后是耶稣，再写到罗马帝国的堕落。在"基督教的英雄史诗"之后，雨果召唤查理大帝，探索土耳其，带我们经历意大利文艺复兴，走进宗教裁判，穿过 17 世纪，最终抵达"现在"。呈现在我们面前的是好战和残忍的人类形象，但也是带有英雄主义色彩的人类形象。

然而当下的时代因为不公正和悲惨失去了光彩。随着

---

① 《雨果诗歌集》（第三卷）序言，吕永真译，河北教育出版社，1999 年。
② 同上。

社会问题的出现——总是如此——诗集逐渐显现出政治倾向，即《穷人》（*Les Pauvres Gens*）这样的诗所具有的特点。面对时代的堕落，我们可以做些什么？如何撑过"风暴"？"这个世界已经死亡。怎么！"诗人发问，"难道人类也已死去？"

> 人类是不是如一片枯黄的树叶
>
> 飘落于黑暗？他难道就此完结？
>
> 只见潮涨潮落，海水去而复回。
>
> 眼睛想重新寻找消失于宇宙的人类，
>
> 徒然地远眺。一无所见。
>
> 请仰望苍天。①

　　人类又出现了。尽管有暴君，有国王，有神甫；尽管有战争的恐怖，有衰落，有毁灭，"无畏的人类"并未动摇。因此，在这本富有诗意和哲理的忧郁的文集中，透过

---

① 《雨果诗歌集》（第三卷），吕永真译，河北教育出版社，1999 年，第 657—
　　658 页。

人类艰难的进步历程，我们仍能看到一丝希望。早已不是"朋友"的圣伯夫，把这部作品当作攻击目标，为其自负表示遗憾："如此滥用权力！随处可见的夸张和放肆！……可论起美德、真正的同情心、分寸和品味，却毫无踪迹。"

《历代传说》的后两卷陆续于 1877 年和 1883 年出版。第三卷出版两年之后，维克多·雨果去世，他从未失去希望，坚信"自由终会缓慢诞生"。

38

前进的力量

"我的想法是：不断前进。如果上帝要人后退的话，就会让人后脑勺上长个眼睛了。"[1] 这是维克多·雨果在《九三年》中的实用主义论述。他也是一个真正的乐观主义者。他从不向绝望妥协，尽管他会遭遇绝望，也会在某些时候陷入绝望。没有什么可以让他低头，不论是考验，还是厄运。

他人生的轨迹永远朝前。在政治、文学和情感上，雨果走过的路是错综复杂、蜿蜒曲折的，但有种神秘的力量让他保持活力，推着他前进。同样的力量也作用于艾那尼，

---

[1] 维克多·雨果：《九三年》，叶尊译，上海译文出版社，2007年，第329页。

堂娜·莎尔高尚的情人，他是个逃犯，一个永被流放的人，他要求情人忘记他，去过没有他的人生：

　　堂娜·莎尔，嫁给公爵吧，嫁给魔鬼吧，嫁给国王吧！这都不错。只要不是嫁给我，无论什么都比我强！我不再有一个记得我的朋友了，他们都离开了我。最后，该轮到你了，因为我是注定了要孤独的。不要让我的晦气传染了你，不要把爱情当作宗教。啊！为了怜惜你自己，走吧！也许你以为我是一个和大家一样的人，一个有头脑的人，一个向自己梦想的目标一直前进的人？你搞错了。我是一股就要消失的力量，我是神秘的死神又瞎又聋的奴隶，我是浑浑噩噩的不幸的灵魂！我要到哪里去？我也不知道。我只感到一股激流，一种盲目的命运在后面推我。我每况愈下，怎么也停不住。如果我有时累得上气不接下气，胆敢回过头来，就有一个声音会对我说："往前走！"而前面是无底的深渊，我看见深渊里冒出的火焰和喷出的鲜血，一片通红！①

孤独的艾那尼必须继续前进，独自对抗命运，或者"天数"。在《海上劳工》的告读者书中，它有三种形式，即"宗教、社会、自然"。人类，如雨果所说，必须不断与这三重天数作斗争。此中有人类的命运、人类的不幸或荣耀。

雨果作品中另一个被考验的伟大人物是冉阿让。《悲惨世界》中题为"脑海中的风暴"的名章就是献给他的。我们发现了他的灵魂，对他的窘境感同身受。为躲避警察的追捕，冉阿让换了身份。他成为马德兰先生，当上了海滨小城蒙特伊的市长，十分受人尊敬。但有一天，他听说一个名叫尚马秋的可怜人被错认成了他，将代他受审，有入狱的风险。他陷入怀疑，必须决定自己要做哪种人：

（他）严厉责问自己，所谓"我的目的达到

---

① 《雨果戏剧集》（第一卷），许渊冲译，河北教育出版社，1999年，第499页。

啦!"究竟是什么意思。他向自己表明一生确有目的。然而目的是什么呢?隐姓埋名吗?蒙骗警察局吗?他所做的一切,难道为了这样一点区区小事吗?难道另外没有一个远大的、真正的目的吗?拯救灵魂,而不是拯救躯体。恢复诚实和善良。做一个有天良的人!难道这不是他终生最主要的、惟一的追求吗?难道这不是主教对他最主要的、惟一的嘱咐吗?①

经过一夜的辗转不安,冉阿让决定去自首。他将闯入法庭,揭露自己的真实身份。

雨果从不怀疑人可以变得更好,他知道未来不过是一个承诺。他告诉编辑埃特泽尔:"我对未来充满信心,我异常清楚地知道自己是谁。"

---

① 维克多·雨果:《悲惨世界》,李玉民译,北京燕山出版社,1999年,第178页。

39

是雨果，唉！

雨果在当年的报纸上发表的漫画令人忍俊不禁。有时他手握一支巨大的羽毛笔；有时他化身为苦役犯，正举着锤子敲铁链。当他没有用铁烙在拿破仑三世的额头上做记号时，他可能在云层上，伸出双手，向人类发射阳光。

这些漫画生动地反映了作者的舆论地位，以及他向读者展示的形象。雨果生前被视为向导、天才。1885 年，巴黎有成千上万人参加他的葬礼，随送殡队伍行至先贤祠。这说明了他在每个人生命中的重要性。

雨果备受崇拜，同时也被很多人——尤其是其他作家——嫉妒。宽厚之人能得体地将之收敛。在雨果宣扬艺术自由时，夏多布里昂提醒他，仍需遵守一些规则。拉马丁读了小说《冰岛的凶汉》，建议他"柔化色彩"。这些都没什么要紧。

然而，歌德却说："想发财不是罪，尽力收获当天的荣誉也不是罪；但他如果憧憬持久的荣耀，首先应该少动笔，多动手。"后来，保罗·瓦莱里在《邪念》（*Mauvaises Pensées*）中表示："雨果是一个富豪。他不是一个君主。"最后，鲁莽的巴尔贝·德·奥尔维利，《年老的情妇》和《恶魔》的作者，以写文反对雨果为乐趣：

> 雨果的第一项才能是不知疲倦。他像一台被造出来写诗的机器。这关乎机械的奥秘，而不是智慧问题……雨果说"谁也不能让我停下来"，没错！

雨果很擅长反唇相讥。这些或多或少带有恶意的攻击从不曾破坏他的好心情。他自己也不喜欢巴尔贝·德·奥尔维利，戏称其为"过时的金巴尔贝[1]"。他还尖锐地嘲笑

---

[1] 原文 Barbey d'or vieilli，与巴尔贝·德·奥尔维利的法语名 Barbey d'Aurevilly 同音。——编者注

了另一位法国诗人的观点：

> 有人转述了勒孔特·德·利勒（Leconte de Lisle）对我的评价。他似乎说"维克多像喜马拉雅山脉一样蠢"。我没发现这话哪里令我不快，我原谅勒孔特·德·利勒，他让我看起来没有那么蠢。他出生于波旁岛①，所以就在自己的名字勒孔特②后面加上"德·海岛"③……用莫里哀的话说，"就大模大样，把自己叫作德·海岛先生……"④。

在回答"谁是最伟大的法国诗人？"这一问题时，那位贬低雨果的名家——安德烈·纪德开玩笑似的说道："是雨果，唉！"他应该为此著名的回答作一番解释。不知雨果本

---

① 现在的留尼汪岛，印度洋西部马斯克林群岛中的火山岛，为法国海外省之一。——编者注
② 本名为夏尔·马里·勒孔特（Charles Marie Leconte）。——编者注
③ Lisle 若写成 l'isle，意思为"岛"。——编者注
④ 出自莫里哀的喜剧《太太学堂》（*L'École des femmes*）。——编者注

人会对这样的评价作何回应呢?

实际上，批评并不会惹恼雨果。有一件事可以作证。
1855 年 6 月的一天早上，在根西岛上，他发现有人用粉笔
在自家前门上写了一行大字：雨果是一个坏人①。对此，
他只提了一个要求："我们不要擦掉它。"

---

① 原文系英语。——编者注

40

光与黑夜

这是《悲惨世界》中不可或缺的一页：深夜，珂赛特独自在树林里行走，提着水桶，寂静和孤单令她感到害怕。德纳第夫妇支使珂赛特出来打水。小女孩害怕极了，她在心里数数，给自己打气。此处，维克多·雨果写道："黑暗教人目眩神摇。人需要光亮。"① 而"光亮"伴随着冉阿让出现了，"这大汉是从后面赶上来的，她没有听见。这人一声不吭，只管抓过她提的水桶。人一生各种际遇，都有本能的反应。这孩子并不害怕"②。珂赛特从此不再孤身一人：曾经的苦役犯刚刚拯救了她。

---

① 维克多·雨果：《悲惨世界》，李玉民译，北京燕山出版社，1999 年，第 297 页。
② 同上，第 298 页。

冉阿让是珂赛特的光，正如米里哀先生是冉阿让的光。这些人即使身处黑暗，也能在黑暗的天际找到一丝微光。作家从未抛弃他们。

雨果作品的美全在于这一关键时刻：当人物走出失望，重拾信仰。

作家本人就是他笔下那些主人公的第一原型。他一直在黑暗和光明之间徘徊，无可救药地被看不见的事物所吸引，又凭借令人难以置信的生命冲动恢复现实力量。坚持总能换来胜利，如他在《全琴集》（*Toute la lyre*）中谈到的那样，"内心世界的神秘的太阳"持续散发着光芒。《静观集》的终篇就华丽地展现了这一有望带来重生的机制。

有两个字从未离开雨果的想象，即"光"与"影"。以此二字命名的诗集于 1840 年出版，在其中，他有一颗"充满智慧的光焰"的头脑，对读者说：

啊，世世代代的人们！请拿出勇气来！

你们仿佛出于无奈而来临，

带着暴风雨在那林海

树丛中发出的声音！

怀疑者啊，漫无目的地四处盘桓，
在道路的黑暗中
你们伸出手来，竟以为看见
你们梦幻的影踪！
……

啊，所有制度的遇难的人们，
摆脱这胜利者令人伤心的潮流，
你们浑身颤抖，从自身
只能将你们的心灵挽救！

……

战斗者啊，天没亮你们就起床，
为了洗你们的手脚！
幻想者啊，你们在卧房遨游梦乡，

黑暗中你们什么也看不到！

啊，不屈不挠的英雄，
你们始终憧憬着幸福的未来，
又将希望紧握在手中，
犹如拉着上帝大衣的下摆！

……

拿出勇气来吧！——通过黑暗与泡沫，
目标不久就会出现！
人类在迷雾中摸索，
这是谜，不是空言！

从你们低垂的头上，
已经过去了许多黑夜，许多风暴。
请抬起头来！请放眼遥望！

光明正在天际闪耀！请向前飞跑！①

当然，在雨果看来，未来是由上帝设计的。但比这更重要的，还有一种无神性的信仰，即他在《暮歌集》开头传达的极个人的、不可思议地与当今时代产生共鸣的信念：

> 作者在最后必须补充一句话：在这个被交付给等待和变革的时代，在这个争论如此激烈、断然、完全被逼入绝境的时代，在这个除了"是"和"否"以外再无其他言语被聆听、理解和赞许的时代，他既不在否定者中间，也不在肯定者中间，他在心怀希望的人中间。

① 《雨果诗歌集》（第一卷），张秋红译，河北教育出版社，1999 年，第 602—605 页。

41

音 乐

维克多·雨果对意大利作曲家帕莱斯特利那（"和声之父"）推崇备至，同时把贝多芬（"能听到无限的聋子"）视为天才。但这并不意味着他是一个音乐迷。事实上，作家从未展现过对音乐的热情，最多是在莱奥波迪娜的帮助下，用一根手指笨拙地敲击琴键。比起这项"未完成的艺术"，他更爱诗歌的纯，钢琴这一"木制野兽"令他畏惧，以至于连莫扎特的《安魂曲》的美，都被他用"起皱的"来形容。

雨果对音乐的态度远非长久以来人们所认为的冷漠——甚至拒绝，他会远远地欣赏大女儿的才华和小女儿阿黛尔的即兴表演。但他忠于自己的心和眼睛，仍会自然而然地专注于文字和图画。

不过，他的笔下多次出现对声音世界的转写——在《秋叶集》《暮歌集》《心声集》甚至《光影集》中——包括《巴黎圣母院》中"分散的、零零落落的钟声"，这些"和声之烟"在他的文学作品中"升起"。在《鸟瞰巴黎》这一章，维克多·雨果对钟声进行了精妙绝伦的描写：

最初，每个钟楼的颤声向清晨明朗的天空纯净地、笔直地上升，可以说相互都是孤立的。随后，钟声越来越大，渐渐地相互融入、混合、盖没，汇成一曲美妙的协奏曲。这时只有一个块状的整体音乐在颤动，从成百上千的钟楼内升起，在巴黎上空飘浮、波动、跳跃、旋转，把轰鸣的颤音的涡圈扩展到天际。然而，这和声的海洋一点不混沌，不管它多么浩瀚、深邃，它仍然通明透亮……你可以跟随着那手铃和风笛时而低沉、时而尖锐的对话。你可以听到八度音符从一个钟楼跳到另一个钟楼……你看见闪亮的音符急速滑过一切音程，划出三四道弯弯曲曲的光迹，像闪电一样消失了……这确实是一首值得谛听的歌剧……因此，请你倾听这乐钟齐鸣……然后，请你说说，比起这钟乐齐鸣，比起这座音乐大熔炉……比起只是浑然成为一支乐队的这座城市，比起这暴风骤雨般的交响乐，你了解这世上是否还有什么东西能更丰富、更欢乐、更灿烂炫目吗?①

这些文字深深地感动了作曲家艾克托尔·柏辽兹，他在 1831 年 12 月给雨果写了一封热情洋溢的信："啊！您是一位天才，一个强大的人，一个巨人……同时显得慈爱、优美、暴躁、温柔和倨傲……我真想和您当面交谈，尽管您有鹰的双眼；在即将离开巴黎的时候，我愿意用灵魂与魔鬼交换一年，以这样的代价，与您见一面，闲聊一小时。"我们不知道雨果是否收到了这封信。无论如何，两个

---

① 维克多·雨果：《巴黎圣母院》，唐祖论译，漓江出版社，1998 年，第 161—162 页。

男人最终成了朋友。

这位《幻想交响曲》的创作者是十足的浪漫主义者，也是莎士比亚迷，他已经读过《东方集》和《死囚末日记》。据传记作家阿诺·拉斯特（Arnaud Laster）所述，正是受《死囚末日记》的启发，他创作了《幻想交响曲》的第四乐章"断头台进行曲"。1833年，圣马丁剧院正在为《吕克莱丝·波基亚》的上演做准备，柏辽兹提出为剧目作曲，然而当时的负责人推荐了亚历山大·皮奇尼（Alexandre Piccini），一位意大利歌剧名人的孙子。几年后，柏辽兹受邀指导《艾丝美拉达》一剧的排演，该剧目由雨果亲自改编自《巴黎圣母院》，由路易丝·贝尔坦（Louise Bertin）配乐。虽然演出遭遇失败，但是柏辽兹不会失去作家的支持："让为了叫喊而生的人叫喊去吧。拿出勇气，大师……伟大的灵魂往往遇到巨大障碍。"19世纪40年代法兰西的政局变动将使两人分道扬镳，柏辽兹没有掩饰他对第二帝国的支持。尽管如此，他们毕生都保持着相同的对艺术自由的渴望。

维克多·雨果和音乐之间有过爱吗？可能吧。反过来可以肯定的是，音乐家们对这位诗人的爱从未停止过。他们急于为雨果的文字谱曲，经常向他发出请求。年轻的弗朗茨·李斯特和文学天赋颇高的夏尔·古诺都是他的仰慕者。古诺，怀着同样多的恐惧与狂喜，梦想在自己的音乐里加入雨果式"暴风雨"。

42

泰奥菲尔·戈蒂耶

戈蒂耶是浪漫主义的信徒。他为爱美而生，只为艺术而活。在 1835 年出版的小说《莫班小姐》（*Mademoiselle de Maupin*）的序言中，他写道："只要能看到一幅拉斐尔油画真品或一个裸体美女，让我放弃我作为法国人和公民的权利我都会心甘情愿。"① 他将全部热情用于作画和写作，从而不受拘束地享受生活。

戈蒂耶幼时来到巴黎，通过学习拉丁语爱上了贺拉斯和维吉尔。在查理曼皇家学院，他与年长三岁的钱拉·拉布吕尼（Gérard Labrunie）成为知己。拉布吕尼的笔名为

---

① 泰奥菲尔·戈蒂耶：《莫班小姐》，黄胜强、许铭原译，中国社会科学出版社，2013 年。

奈瓦尔，他平日都带着书散步，也经常边走边写。他那时已经出版了一部诗集，也认识维克多·雨果。

每个成长中的作家都梦想见到雨果，戈蒂耶是他们之中最先如愿的。这位在圣安托万街路易-爱德华·里乌（Louis-Édouard Rioult）工作室习画的年轻人，受了太多伟大的文学思想的陶染。他在作画间隙阅读他所崇拜的沃尔特·司各特、莎士比亚和拜伦勋爵的作品。他有热情的头脑和不安的双手，因此他相信《克伦威尔》的序言，并且只期待一件事：打破古典主义的统治，或者如他准确概括的，"与戴假发的祸根战斗"。奈瓦尔为他创造了机会，决定亲自将他引荐给浪漫主义大师。

1829 年 6 月 27 日，他们来到诗人位于让-古戎街的家中。戈蒂耶记得，在把他和雨果隔开的那些台阶上，恐惧感随着往上走的步子递增，将他包围。同行的除了奈瓦尔还有另一个朋友，诗人彼得吕斯·博雷尔（Petrus Borel）。"（我们）紧张得透不过气来，心提到了嗓子眼，冷汗浸湿了太阳穴。我们好容易来到门前，刚要伸手按门铃，又突然害怕起来，怕得要死，转身就跑，三步并作两步地下了楼梯……"① 很快，门开了，门缝里露出雨果的笑脸。在《浪漫主义回忆》（*Histoire du romantisme*）中，年轻的信徒描摹了一幅美好的肖像，当时 28 岁的作家正在为他的"战斗"做准备：

> 维克多·雨果脸上给人留下印象最深的，首先是他那饱满的天庭。他额头宽阔，像白色大理石般光洁，使他的脸显得冷静、沉着……不过那额头确实端庄，确实宽广，超出常人……那额头是力量的象征。一头浅栗色秀发垂下，稍稍显得有点长。他没有留胡子，既无髭，也无须，亦无髯，脸仔细刮过了，白白净净的面庞上，长着一双浅黄褐色的大眼，像鹰的眼睛一样锐利；弯曲的嘴唇，下垂的嘴角，使他那张嘴透着刚毅和果敢，张开嘴微笑的时候，露出的是一口编贝似的

---

① 泰奥菲尔·戈蒂耶：《浪漫主义回忆》，赵克非译，人民文学出版社，2011 年，第 7 页。

洁白牙齿。①

　　戈蒂耶和另外几个人被吸收进浪漫主义运动的小群体
中，成为"为理想、诗歌和艺术的自由而战的年轻人之一，
怀着今天的我们已不再拥有的热情、勇气和献身精神"。
1830 年 2 月 25 日，随着《艾那尼》在法兰西剧院首演并
引发谴责，思想的春天来临。戈蒂耶作为这段灿烂岁月满
怀激情的见证者，比其他任何人都更生动地描述了这一关
键时刻：每一个加入战斗的人，口袋中都有一沓红色方形
纸，上面印着西班牙语单词"hierro"，意思是"铁"，代表
他们的格言：必须"像剑一样率直、勇敢和忠诚"。

　　戈蒂耶毅然拿起笔，并且不再放下。在雨果浪潮的影
响下，他将热烈的情感献给诗歌，于 1830 年 7 月 28 日出
版了个人的第一本诗集。不幸的是，这本诗集的问世恰逢
七月革命开始，因此没能引起人们的注意。尽管如此，他

---

① 泰奥菲尔·戈蒂耶：《浪漫主义回忆》，赵克非译，人民文学出版社，2011 年，
　　第 8—9 页。

并没有泄气，反而慢慢与巴尔扎克和出版人埃米尔·德·吉拉尔丹（Émile de Girardin）熟络起来，后者为他打开了新闻业的大门。《新闻报》（*La Presse*）、《箴言报》（*Le Moniteur universel*）、《官方日报》（*Journal officiel*），许多期刊都欢迎他的戏剧或艺术评论文章。他甚至担任过《艺术家》（*L'Artiste*）杂志的主编。

由他署名的文章近三千篇，但这位新闻工作者并没有放弃文学。19 世纪 50 年代，戈蒂耶和波德莱尔亲近起来，《恶之花》就是题赠给他的，题词称他为"法国文学完美的魔术师"。正是魔法把他引向神怪题材。在今天，《木乃伊传奇》（*Roman de la Momie*，1858）和剑客小说《弗拉卡西上尉》（*Le Capitaine Fracasse*，1863）是他最著名的作品。

雨果住在根西岛期间，戈蒂耶这位不知疲倦的巴黎艺术界的专栏编辑，于 1855 年 4 月开始在一份帝国刊物上连载戏剧作品。流亡中的作家不满其转投敌方阵营，决定予以惩罚——不在《静观集》中提及他。按照让-马克·奥瓦斯（Jean-Marc Hovasee）的说法，这是一种"心照不宣"

的惩罚。戈蒂耶一方面继续称赞作家的诗，另一方面却对《悲惨世界》的出版保持异常的沉默，比起昔日伙伴的新作，如今他更喜欢与眼红的福楼拜为伍。

对此，雨果不仅没有表现出丝毫的怨恨，还同意出版人邀请戈蒂耶前往布鲁塞尔，参加小说的庆功宴。虽然戈蒂耶没有出席，但是流亡的作家再次约请他为自己的版画作品写序。这一次，他很快践约，向流亡前的雨果致以敬意，却对仍在反抗帝国的雨果只字不提。1862 年，雨果写信给戈蒂耶："亲爱的泰奥菲尔，谢谢你。你让我重温了年轻时的快乐。我仿佛又回到了美好的青年岁月。"十年后，在戈蒂耶的葬礼那天，他将作为一位朋友致悼词。

43

欧仁·德拉克洛瓦

一位叫洛朗先生的图书管理员热情地称德拉克洛瓦为"画家中的维克多·雨果",自认为这是一种恭维。对此,画家很快进行了巧妙的回应。"先生,我是纯正的古典主义者。"他郑重其事地反驳,令人惊讶地撇清了自己与浪漫主义流派的关系,以及与该流派著名文学领袖的关系。不论图书管理员的话是简单的玩笑还是真正的恭维,都揭示了雨果和德拉克洛瓦之间的联系是复杂的,他们被认为(理应)是属于同一流派。

欧仁·德拉克洛瓦于1826年在一个文艺小团体中见到了维克多·雨果,当时巴黎活跃着许多这样的小团体。彼时,画家已经在巴黎艺术圈崭露头角。培养他的是著名的皮埃尔-纳西斯·盖兰（Pierre-Narcisse Guérin）的工作室。他崇拜鲁本斯，以约翰·康斯太勃尔为学习对象，并把泰奥多尔·席里柯视为一位密友——曾为其作品《梅杜萨之筏》（Radeau de la Méduse）做模特。作为浪漫主义者，他当然渴望摆脱学院派的律条，寻找未知的、未探索的领域。两年前，他创作的《希奥岛的屠杀》（Scènes des massacres de Scio）引发了一轮谴责。评论界骂声一片，他自己却得意于这一画作所展现的"激烈运动"（mouvement énergique）。他在日记里写道"我完全不喜欢理性的画作"，这是他永不放弃的信条。雨果表达过几乎完全相同的意思，曾对他的编辑埃特泽尔说，他的诗歌"不会温和"。画家和作家都有一个伟大的志向：唤醒人们，让他们"看到"和"听到"生活，真正的生活。

1827 年是属于他们的。雨果发表了《克伦威尔》及其引起轰动的序言。德拉克洛瓦则展出了作品《萨达纳帕拉之死》（La Mort de Sardanapale），他的大胆再次触犯众怒：传说中的亚述国王在王国被包围时，命令侍从杀死所有臣民。国王躺在一张"华美的"铺着红丝绒的床上，静观这场肉体和鲜艳色彩相混杂的屠杀。文学自由也有其捍卫者，雨果发现了这幅油画的光辉。他在给朋友维克多·帕维（Victor Pavie）的一封信中写道："极美，而且如此壮观，逃出了小视野。"

他们显然有共同的理想，都对莎士比亚和戏剧充满热情。1828 年《埃米·罗布萨特》（*Amy Robsart*）在奥德翁剧院（théâtre de l'Odéon）上演，德拉克洛瓦为此剧设计了戏服，并写信把这个消息告诉了他"亲爱的朋友"，即这部剧的作者，维克多·雨果。然而真正让他们走到一起的是东方，一个充满艺术幻想的地方。1830 年革命伊始，雨果出版了《东方集》。诗集的序言——又一篇艺术自由的宣言——突出了遥远异域的富饶，"（诗人）为了止渴，早想喝下这片土地的泉水"。三年后，德拉克洛瓦随法国大使莫尔奈伯爵前往摩洛哥。他被梅克内斯（Meknès）的光线所震撼，这种"在街道上流动的富有生命力的光辉……它的真实性搅得你心绪不宁"。接着，画家去了阿尔及利亚。这段启蒙之旅使画家开启了新的艺术篇章，所谓的东方主义油画让位于动物的野性和一种新的女人的感性。他的《房间里的阿尔及尔女人》（*Femmes d'Alger dans leur appartement*）中惬意和慵懒的人物，后来点燃了塞尚和雷诺阿的激情，却令维克多·雨果感到失望。在与现实的关系上，他们似乎没有产生共鸣。现在看来，正是将现实转化为艺术的方式，从根本上让两人划清界限。

"伟大而简单的真理不需要借用雨果的风格来表达自己和震撼心灵，雨果与真实和简朴相距甚远。"德拉克洛瓦在1849年4月5日的日记中攻击道。三年前，波德莱尔在《1846年的沙龙》（*Salon 1846*）中已经对两人的浪漫主义进行了区分。"维克多·雨果先生……是一位敏捷多过创造的工人，"他写道，"德拉克洛瓦有时是笨拙的，然而本质上是一个创造者。"一边是一位优秀技师对现实的"冷漠"，另一边是一个沉湎于想象的灵魂的"傲慢"。他总结道："（维克多·雨果和欧仁·德拉克洛瓦之间的）相似性停留在得到公认的平庸领域，这些……偏见仍旧塞满了许多软弱的头脑。"

《恶之花》作者的严厉，似乎使他过早地清除了将两位艺术家联系起来的证据。德拉克洛瓦最伟大的作品（《自由引导人民》）与维克多·雨果最伟大的作品（《悲惨世界》）难道不是遥相呼应的吗？前述油画和小说都意在歌颂人民，事实上，将两者放在一起会令人的心情无法平静。除了挥舞着手枪的巴黎男孩（在德拉克洛瓦油画的右边位置）明显与维克多·雨果笔下的伽弗洛什相似以外，作家对 1832 年巴黎暴动的描写，也像是对画家所见的 1830 年革命的文字化：

这支部队五花八门，形形色色，奇特到了极点。有一个人穿着短外套，拿一把马刀和两支手枪；另一个人只穿衬衫，戴一顶圆边帽，侧身吊着一个火药壶；第三个套了用九层灰皮纸做的护胸罩，拿一把马具匠用的大铁锤当武器。有一个人高喊："让我们统统歼灭，一个不留，让我们死在自己的刺刀下！"这样喊的人却没有刺刀。还有一个在礼服外面扎了一副国民卫队的宽皮带和子弹盒，而护盖上有红毛线秀的"治安"两个字。许多步枪上都有部队的番号，有几根长矛。戴帽子的人不多，没有一个人扎领带，大多袒胸露背。此外，各种年龄、各种相貌的人都有……大家争先恐后……他们素昧平生，彼此未通名姓，来到一起却亲如兄弟。巨大的危险所显示的壮美，就是能让互不相识的人焕发出友爱精神。[1]

如果说雨果和德拉克洛瓦在艺术上不是"兄弟"，那么在性格上，他们或许是。有一天，面对不间断的攻击和谴责，画家写道："要有足够的胆识才敢于做自己。"这是作家永远不敢反驳的宣言。

---

[1] 维克多·雨果：《悲惨世界》，李玉民译，北京燕山出版社，1999年，第744—745页。

参考书目

维克多·雨果的作品

小说：

《布格-雅加尔》（*Bug-Jargal*）

《冰岛的凶汉》（*Han d'Islande*）

《死囚末日记》（*Le Dernier Jour d'un condamné*）

《巴黎圣母院》（*Notre-Dame de Paris*）

《克洛德·格》（*Claude Gueux*）

《悲惨世界》（*Les Misérables*）

《海上劳工》（*Les Travailleurs de la mer*）

《笑面人》（*L'Homme qui rit*）

《九三年》（*Quatrevingt-treize*）

戏剧：

《伊尔塔梅娜》（*Irtamène*）

《克伦威尔》（*Cromwell*）

《艾那尼》（*Hernani*）

《玛丽蓉·黛罗美》（*Marion de Lorme*）

《国王取乐》（*Le Roi s'amuse*）

《吕克莱丝·波基亚》（*Lucrèce Borgia*）

《玛丽·都铎》（*Marie Tudor*）

《吕伊·布拉斯》（*Ruy Blas*）

《城堡里的爵爷们》（*Les Burgraves*）

诗集：

《颂歌和杂诗》（*Odes et Ballades*）

《东方集》（*Les Orientales*）

《秋叶集》（*Feuilles d'automne*）

《暮歌集》（*Les Chants du crépuscule*）

《心声集》（*Les Voix intérieures*）

《光影集》（*Les Rayons et les ombres*）

《惩罚集》（*Les Châtiments*）

《静观集》（*Les Contemplations*）

《凶年集》（*L'Année terrible*）

《祖孙乐》（*L'Art d'être grand-père*）

《历代传说》（*La Légende des siècles*）

《至悯集》（*La Pitié suprême*）

《精神四风集》（*Les Quatre Vents de l'esprit*）

《撒旦的末日》（*La Fin de Satan*）

《全琴集》（*Toute la lyre*，遗作）

随笔、政论：

《莱茵河》（*Le Rhin*）

《拿破仑小人》（*Napoléon le Petit*）

《莎士比亚论》（*William Shakespeare*）

《文学与哲学杂论集》（*Littérature et philosophie mêlées*）

《言行录》（*Actes et Paroles*）

《一桩罪行的始末》（*Histoire d'un crime*）

《英吉利海峡群岛》（*L'Archipel de la Manche*）

《梦之岬角》（*Promontorium Somnii*）

《灵台集》（*Le Livre des tables*，遗作）

私人作品：

《见闻录：回忆录、报纸、小册子，1830—1885 年》

（*Choses vues. Souvenirs, journaux, cahiers, 1830 –*

1885）

《我生命的附言》（*Post-scriptum de ma vie*）

《雨果夫人见证录》（*Victor Hugo raconté par un témoin de*

sa vie）

《写给未婚妻的信》（*Lettres à la fiancée*）

维克多·雨果相关

维克多·雨果传记：

Pierre Brunel, *Monsieur Victor Hugo*, Vuibert, 1998.

Raymond Escholier, *Victor Hugo raconté par ceux qui l'ont*

vu. Souvenirs, lettres, documents, Stock, 1931.

Sophie Grossiord, Victor Hugo : et s'il n'en reste qu'un …,

Gallimard/Paris Musées, 1998.

Jean-Marc Hovasse, *Victor Hugo*, tome Ⅰ, *Avant l'exil*,

1802 –1851, Fayard, 2001.

Jean-Marc Hovasse, *Victor Hugo*, tome Ⅱ, *Pendant l'exil I, 1851 – 1864*, Fayard, 2008.

Arnaud Laster, *Victor Hugo*, Belfond, 1984.

André Maurois, *Olympio ou la Vie de Victor Hugo*, Hachette, 1985.

献给其亲人的作品:

Florence Colombani, «*Je ne puis demeurer loin de toi plus longtemps ...*» *Léopoldine Hugo et son père*, Grasset, 2010.

Henri Gourdin, *Adèle, l'autre fille de Victor Hugo*, Ramsay, 2005.

Henri Guillemin, *L'Engloutie, Adèle, fille de Victor Hugo*, Seuil, 1985.

Albine Novarino, *Victor Hugo et Juliette Drouet: dans l'ombre du génie*, Acropole, 2001.

研究:

Louis Aragon, *Avez-vous lu Victor Hugo?*, Temps actuels/ Messidor, 1985.

Michel de Decker, *Hugo*, *Victor pour ces dames*, Belfond, 2002.

Pierre Georgel, *Victor Hugo*, *dessins*, Hors-série Découvertes Gallimard/Scérén-CNDP, 2002.

Emmanuel Godo, *Victor Hugo et Dieu : bibliographie d'une âme*, Cerf, 2001.

Henri Guillemin, *Hugo et la sexualité*, Gallimard, 1954.

Sophie Grossiord, *Victor Hugo*, *Et s'il n'en reste qu'un*, Gallimard, Beau livre poche, 1998.

Annie Le Brun, *Les Arcs-en-ciel du noir : Victor Hugo*, Gallimard, «Art et artistes», 2012.

Émile Meurice, *Victor Hugo : génie et folie dans sa famille*, *«Pourquoi perd-on la tête?»*, Academia-L'Harmattan, 2014.

Philippe Van Tieghem, *Victor Hugo*, *un génie sans frontières. Dictionnaire de sa vie et de son œuvre*, Larousse, 1985.

Michel Winock, *Victor Hugo dans l'arène politique*, Bayard

Jeunesse，2005.

其他：

Eugène Delacroix，*Journal*，Plon，1999.

Théophile Gautier， *Souvenirs du romantisme*， Seuil，
L'École des lettres，1996.

Hugo orateur，Gallimard，Folioplus Classique，2015.

Judith Perrignon， *Victor Hugo vient de mourir*，
L'Iconoclaste，2015.